捕手游戏

于青 著

天津出版传媒集团

百花文艺出版社

图书在版编目（CIP）数据

捕手游戏 / 于青著. -- 天津：百花文艺出版社，
2024.6
ISBN 978-7-5306-8871-7

Ⅰ.①捕… Ⅱ.①于… Ⅲ.①长篇小说–中国–当代
Ⅳ.①I247.5

中国国家版本馆 CIP 数据核字(2024)第 103539 号

捕手游戏
BUSHOU YOUXI

于青　著

出 版 人：薛印胜
选题策划：汪惠仁　　编辑统筹：徐福伟
责任编辑：李　跃　　美术编辑：郭亚红
封面设计：末末美书
出版发行：百花文艺出版社
地址：天津市和平区西康路 35 号　邮编：300051
电话传真：+86-22-23332651（发行部）
　　　　　+86-22-23332656（总编室）
　　　　　+86-22-23332478（邮购部）
网址：http://www.baihuawenyi.com
印刷：山东临沂新华印刷物流集团有限责任公司
开本：900 毫米×1300 毫米　　1/32
字数：130 千字
印张：7.125
版次：2024 年 6 月第 1 版
印次：2024 年 6 月第 1 次印刷
定价：56.00元

目 录

第一章　命运的价格

同往常一样,实在无聊了,左奕将电脑椅往前一蹬,挪步到电脑前。

敏感的苹果电脑一碰,屏保上推送出了一句名言:作家茨威格说过,所有命运馈赠的礼物,早已在暗中标好了价格。你接受了,就要按这个价格支付。

左奕从来就没有远大志向,似乎读书编书出书,就是左奕的终极目标。所以,这句名言她读过多少遍了,不太以为然,也可能是太自然了。

周遭世界,不可理喻的事情太多。一个无私奉献的善良之人,却可能遭受命运捉弄,如鲠在喉。一个蝇营狗苟的人,却可能道貌岸然地端坐在主位。命运给出的价格是有逻辑的,肯定是有暗价的。

当然，也还是有公道存在。所谓命运的价格之说只是西方人的说法，用左奕老爸"土八路"的话说："种瓜得瓜，种豆得豆。"眼见着身边的两个乡党，一个她在上学的时候就不看好他，老师们也不看好他，但几十年下来却在社会上混得很好，是世俗的那种好，仕途得志，出门有专车；另一个是左奕的大学校友，学校聚会时，他是历届学生的楷模，台上一句话，赠母校一栋楼，群情激昂，谁都愿意与此优等生攀上缘由。

但左奕就不看好他们，因为她看到了他们致命的一点：没有敬畏之心。

看到他们风头十足，左拥右抱，左奕常在心里吟唱："长铗归来乎，食无鱼。长铗归来乎，出无车。长铗归来乎，无以为家。"

其实，"然而"才是命运的礼物。每逢"然而"，在这个节点上，命运才给出你真实的价格。他们以为命运可以被收买，挥霍命运给予他们的优待，变本加厉地索取。然而，两位兄台的帝国轰然倒塌，虽然从上学的时候就不喜欢他们哥儿俩，但听到他们前后出事的消息，左奕还是不免惋惜。

曹雪芹《红楼梦》第五回的曲子《聪明累》，大部分人只知道一句，其实看完全曲才有意思："机关算尽太聪明，反算了卿卿性命！生前心已碎，死后性空灵。家富人宁，终有个，家亡人散各奔腾。枉费了，意悬悬半世心；好一似，荡悠悠三更梦。

捕手游戏

忽喇喇似大厦倾,昏惨惨似灯将尽。呀! 一场欢喜忽悲辛。叹人世,终难定"!

好像专门是为这哥儿俩写的, 也是专为这一类人写的, 没有敬畏之心的人终被命运修理了。

电脑还没有打开,单盯着茨威格的这句话,左奕已经遐思了这么多。

这也是左奕的常态。

左奕时常处于冥思中。

不知道的,以为她是在思考哲学,毕竟她也是他们时代出版公司的首席编辑,学业扎实,为人低调,人称"左爷"。不是思想"左翼",而是谐了名字的音。了解她的人,都知道她的微博名字就是左爷。但内容一点不"左",就是分享她这么多年来游山玩水的所感所获。要知道,她最心仪的古人就是徐霞客,凡是徐霞客落足的地方而她又能有机会涉足的,她都要记上一笔。当年徐霞客什么时候来的、写了什么,等等。她不算网红,却也有十万+的粉丝。因为这个左爷的名字,加之内容几乎都是探险山、走恶水,她本人从不出镜,很多粉丝都以为她是男的。博主是男的,女粉丝就很多,她从不回应粉丝的问题,粉丝却都是铁粉,默默跟着她的足迹,也默默追随着大侠徐霞客的足迹。

其实见了左奕,就会对她左爷的别称点头称是了。她相貌平常,属于不惊艳也不讨厌的周正模样。她眼睛不大,却有一对自然弧度极正常的蛾眉,眼眉上的每一根眉毛都健康地存在,既不是描出来的,也不是修出来的,搞得很多小女孩见了她都想用手摸一下,看看是不是真的。左奕的眉毛太黑太精致了,给她的面容平添了一份英俊。

左奕的鼻子不高,但隆准圆润。按照她大师兄的说法,这个隆准长在男人的脸上,是要出入庙堂的。大师兄是搞历史的,准确点说研究的是明末清初这段时期,他整个思维都陷在明末清初的氛围中,对清朝几位皇帝的面相了如指掌,认为他们的帝王相极为标准。当然,这也不能阻挡他们的最终命运。"最终的命运不是由相而生,而是劫数已到。"大师兄说。

继续看左奕,到了嘴巴,本来最无奇,唇形一般,朴实无华,但左奕的下巴,却隐隐显出了一个凹型,就是俗话说的柿子下巴。这让左奕平淡无奇的相貌一下高贵起来。男人最迷人的相貌就是柿子下巴,阿兰·德龙、迈克尔·道格拉斯、赵丹、王心刚,都有这种凹下巴。左奕一普通女子,五官中却有两项男人的优势,称她为爷,就不突兀了。公司年会上,小编们几次惊叹左爷的侧影,简直就是一上镜的明星剪影,颇似日本著名女指挥家西本智实,有一种男性的英俊。

好了,左爷的相貌说得太多了。其实,最符合她这个男性绰号的还是她的才气。她的才气最有意思,你抓不到她,她不写书、不写文,如同雪泥鸿爪,或隐或现。但公司领导在重要

捕手游戏

场合展示公司风采的讲话,一般都要求左奕润色一下讲话稿,如同画龙点睛一般,经过左爷的几笔修改,文章一定有出彩的地方。负责宣传的总编几次要调她去宣传策划部门任职,左奕都婉拒了,理由是天天写讲话稿就写不出来了,偶尔客串会有新鲜感和距离美,并承诺随叫随到,这才让老总放了手。左爷名副其实。

此时的左爷正在发呆的状态中,这种情况下,左爷的思维不太好判断。左奕时常会有发呆的瞬间,一瞬之间她可以穿越往事几千年,一片汪洋都不见。毕竟是学历史的,一不小心,就在某个朝代"寻花问柳"了。

其实左奕既没有思考哲学,也没有穿越历史,完全是因为环保的大盘屏幕让她了无生趣。她一再追忆,自己是怎么掉进这个绿色陷阱并且越陷越深的。

几年前,一个偶然的机缘把她带进了股市,而且她居然大获全胜了。

那一年,她回青岛看望母亲,看着母亲居住的小洋楼虽然地点不错,就在栈桥附近,散步很方便,但却千疮百孔,不能再住下去了。

母亲住的洋楼旧名熊猫楼。青岛在百年前曾被德国人殖民。其城市的建设规划参照的是德国首都柏林,一度有"小柏林"之称。德国人在青岛修建的大型行政建筑,比如总督府、总督官邸等,都以大气、奢华著称。母亲居住的熊猫楼,据说原来是一个德国大饭店，因为靠近前海，生意特别好。熊猫楼的楼标是一个石雕的熊猫头像。从外表看，熊猫楼宏大板正，特别具有德国人严谨的风格。尤其是大楼的门厅，更是低调到看不出是大门还是小门。似乎德国的建筑都有这个特点，楼宇挺拔，而入口低微，给人印象深刻的是楼宇本身，而非门庭的飞扬。

但也因为是旧时德国楼房，每层楼只有两个公共卫生间。冬天的时候，厕所的窗口朝西，西北风刮进来，解除全身"捂"装的母亲大人，会毫无意外地感冒。感冒就会引发哮喘，哮喘会引发心肌炎，心肌炎把冠心病引发出来，120 救护车就会呼啸而来。左奕这边的飞机也准时起飞，她要到医院的急救室探望母亲。她们这一代，独生女很少，而左奕的父母在左奕出生时已经年近四十岁，照顾父母的观念左奕还是很强的。大学毕业后，左奕本来想回青岛，父亲告诉她，有希望留在北京当然是第一选择，等以后实在待不下去了再回青岛，于是左奕便留在了北京。

父亲去世后，老母亲一直独居在这座德国房子里，最不方便的就是厕所问题。左奕准备给母亲换一个有卫生间的房子，两居室就成，一间给保姆，一间给母亲。但因为据说市政府要收购该楼房留作公用，母亲坚决不搬。"拿了安置费再说。"倔强的母亲如是对左奕说。

但左奕还是去找了"裙子"。裙子是和左奕从小一起长大的闺密。裙子真名叫王群,从小就爱穿裙子,冬天也穿。中学时代是体育健将,各种运动会上她都是学校的骄傲。因为爱穿裙子,一双修长却又肌肉饱满的长腿总是分外引人注目,这在彼时还不太开放的青岛有点各路。各路,青岛方言,就是各色的意思。于是,全校都称她为裙子。裙子现在在房地产中介做会计,很会理财。

左奕找裙子是让她打听这个"馅饼"什么时候掉下来,裙子却拍拍胸脯,要左奕跟着她做股票,说一年后就可以赚钱给她老妈买上一套两居室,老房子不用卖。

左奕听闻有此等好事便小小地试了一下水。在还不会操盘的时候,她经常把该卖出的变成了买进,该买进的变成了卖出,慌作一团,眼看着账号上的钱悠远而逝,不知去向。正在慌乱中,裙子让左奕买进一只怎么看也不起眼的快要退市的 ST 城投,股票的控制人都被控制到监狱了,怎么会好?左奕左想右想都搞不清这个逻辑。裙子说:"你跟着买吧,错不了。"

说话间,ST 城投腾空而起,连续二十八个涨停,翻了五六个跟头。看着账面上红腾腾的数字,左奕不知道是梦还是现实。裙子说:"左爷啊,你的命真好,这样的股票,两市没有几只。"可惜左奕投入不多,也不可能多,她只有给母亲买房付首付的钱,翻了跟头后,也只能买个一居室。

但是,人性啊!

人说学历史的明智，人说不能把鸡蛋都放在一只篮子里，人说左爷最大的优点是理性，但是人性最大的特点就是禁不起考验。禁得起考验的那是考验还不够严厉。严谨如左爷，也犯了所有股民易犯的错误，左奕把跟裙子赚来的钱都放进了第二只破烂股 ST 吉西股份，最后被埋在了十八层地狱，什么都没有了。真的没有了，账面上连吉西股份这个名字都没有了。

短短的一年中左奕经历了冰火两重天，这不是做梦，还能是什么？

左奕至此才大吃一惊，天啊，还有这种玩法，一夜之间，账面上什么都没有了，连个零头都没有了。ST 吉西退市了。

到底是学历史的，此时的左奕反倒冷静了。

历史的经验值得借鉴。她真得要了解这是为什么。光天化日之下，这真金白银的，说没就没了？

左奕拿出研究明史的劲头开始研究 A 股史，研究世界股票史，巴菲特、索罗斯、利弗莫尔等，把他们的家世来龙去脉查了一个底儿掉。《股票作手回忆录》《穷查理宝典》等书籍，全部被她搬回家，想在字里行间找出她的吉西到底藏在哪里。她的客厅兼书房兼饭厅有三十平方米，真正的多功能房，她在里面装上了商场里能买到的、最大的七十英寸电视，反复观看《华尔街》《华尔街之狼》《大空头》《亿万》《商海谍战》等影视剧，寻找案例，想看看世界上还有没有这种明火执仗的抢劫。

天下没有免费的午餐，也没有白费的耕耘。这些研究没有白费，至少让左奕松了一口气，还好，她的钱，那些真金白银并没有失踪。它们被锁在某一个账户里，等待有一天，有一支力量来解救它们。

裙子告诉她，大A股比较仁义，那时还没有退市一说，别看现在是凭空消失了，但等到重组成功的时候，左奕的真金白银就会安全回来。搞得好的话，还可能顺便带回来几只羊，有可观的收益，买一送二也是有可能的。

左奕明白了什么叫暂时退市，虽然资金不知何时回来，但毕竟跑不了，总算放下心了。但从此往后，左奕以前把酒问风、执笔生花的雅趣少了不少，有点小奖金也投进去试一试，毕竟钻研了那么多，当年读历史研究生时也没有这么海陆空地全方位投入。而且，左奕居然还逐渐对股市产生了兴趣。兴趣才是最好的老师。"知行合一"嘛，王阳明在最险峻的时刻尚能"龙场悟道"，她一点小资金被困住，学习一下解套的手艺应该不难吧。

太难了。

左奕觉得自己就像进入了一个捕兽陷阱，里面有诱人的小肉，可一旦你进去，就收网了，越是挣扎，网子越紧，套牢是常态，解套很偶然。一个学历史的高才生被困在K线的网络中，连左奕自己都感觉有点不务正业。那首《情网》的歌词好像就是为她写的:"你是一张无边无际的网/轻易就把我困在网中央/我越陷越深越迷惘/路越走越远越漫长……"路漫漫一直走到了今天。赌性就是人性。人的天性中动物性还是主要的。左奕由此得出了以前从书本上未曾得出的结论。

真不知道命运给 A 股的背后价格是多少,很少有人能在大盘面前傲骄起来。

…………

但是,如果没有左奕的不务正业,就没有她出版生涯的旁逸斜出;没有左奕困兽一般的股市被套,就没有下面捕手的故事,她也不可能见识一个逍遥游子的腾身一跃。

一跃就消失在人间。

正如茨威格所说,所有命运馈赠的礼物,早已在暗中标好了价格。

那是从东京最高的大厦十八层的腾身一跃。异国他乡,人海茫茫,在东京的高塔上望着比银河还要玄幻的都市夜灯,是要多么绝望才会这样纵身一跃。

这一跃,让左奕失去了一个同好至交;大 A 股市场失去了一个商海里的哲学家。而左奕,从此彻底清空了自选股池,除了套牢的几只股票只卖出,不再买进。可惜的是,几年下来,卖出的机会没有几次。股市真的是绞肉机,能从股市全身退出的寥寥无几。

现在,左奕坐在电脑前,看着茨威格的这句名言时,突然想起了那个人，那个腾身一跃到天堂的人，那个已经融化到云霭里再也不用盯盘的人。

这个王阳明的追随者，不仅是一个金融投资者，还是一个商海的哲学家，也算是一个脱离了低级趣味的人。想起他，左奕的心中总会有一股温暖上涌。一个这样温暖的人，最终还是输了。不对，也许他是赢了，不再有任何世俗的价格可以限制他。

既然每一个人的礼物都有暗价，不知道这个人在天堂是否看到了那个价格。

左奕想，价格肯定不菲，不然不会让他用纵身一跃来偿付这个价钱。

向东，这个人叫向东。

离向东的纵身一跳已经五年了。

第二章　寻找仙人

说实话,左奕如果没有涉足股票,当然也不可能认识向东。不认识向东,她也不会介入股市如此之深,几近沦陷。

左奕与向东相识于微博。

自从持仓的吉西股份被退市后,左奕说心里不急那是假的。虽然左奕知道它终究会重新上市,但哪一天却不确定。所以,除了按时去股吧里看看消息,她也经常在微博上看一些投资大 V 的博客,看他们对当下的经济形势是怎么分析的。

学历史的开始关心当下的经济形势,这让左奕的同事们很是惊奇。左爷可真不是普通的左爷。

左奕在公司很有前途,是文化编辑部主任,主要是编辑出版一些重要的文化类丛书,她手中正在编辑的是一套进入国家重点项目的《王阳明文集》。左奕的专业是明史,她最喜欢的两个历史人物都在明代,一个是徐霞客,一个就是王阳明。左奕作为一名编辑是十分合格的。这不是因为她编的书有多少经济效益,而是因为经她手编辑过的书籍,作者几乎都成为她的朋友,对她十分信赖。许多作者都劝左奕写点什么,她的选题报告、审读意见、内容提要,经常让老总拍案叫好,让作者刮目相看,而最后所编辑的书一般都能获一个省部级大奖。

左奕的存在好像是一个异数。

异数在各行各业都存在。她明明很有写作天赋,她的读书推荐词一出,营销部门都会给她打电话,说这个图书宣传词让发行量激增。她的营销方案也常常让策划部门拍案叫绝,说她是被编辑耽误了的策划大师,但除此种种以外,她从不写作;她的沟通能力很强,好几次版权引进遇到了强劲对手,竞争对手不顾行业道德强行哄抬版税价格,老总让左奕出面游说,左奕总能在谈笑中把谈判重新拉回到安全地带。与作者有了版权纠纷,只要左奕出面,纠纷就不存在了,反倒是作者的另一部书稿也提前签约下来了。左奕就是一个奇妙的存在,灭火器、播种机、催生剂,等等。公司里到处是对左奕的敬佩之情。

其实,很简单,左奕用的是退步法。

谈判就是一门妥协的艺术,需要根据自身条件进行适当让步,让大家先退到初始点,看看是哪里有了分歧。有了分歧就解决，老总让她拿回版权，并没有限制她运用手段。手段就是，对方能给的，我们也能。对方没有的，我们很强大，强大的就是人文的东西。人文的东西很玄妙，你可以说是魅力，也可以说是诚信，更可以说是文化，左奕就像一个隐形的捕手，总能把对方掌控在她的网中。

其实，这方面左奕是有秘密武器的。当年做过地下工作者的母亲经常对她言传身教，母亲的经验就是，轻易不与人交手，出手就要抱定制胜的信心。

左奕一般不参加任何与业务无关的聚会，不交流，不聊天，与工作无关的闲话也没有。人称左爷不是白叫的，她平时除了自己的办公室，连食堂都不去，中午多半就是酸奶配自己带来的蔬菜沙拉。其实，午餐可是公司最大的福利，不要饭钱不说，自助餐的花样繁多，尤其是拉面堪称一绝。拉面师傅跟前，经常排着长长的队列，让左奕看见忍不住想笑，她实在理解不了为了吃饭而去排队的做法，她绝不会为了一口吃的去排队，怎么还不是喂嘴啊？但许多小编们却不这样想，那些所谓的网红打卡地大都是"九〇后"们发明的，这一代生活在和平年代里的人对吃的兴趣远远超过他们的前辈，上班最爱迟到的小编们在午饭前也一定要赶到公司，公司的餐补福利已成为小编们一天中最高的兴奋点。

左奕却从不为此心动。她的一日餐食很简单：早餐自制三明治和牛奶；中午自制沙拉和酸奶；只有晚上看情况，可繁可简,完全看心情。中午她通常就是简单吃一点就到资料室去翻杂志,顺便替资料室的管理员看摊儿,让她有时间和其他小伙伴们出去逛街。在吃这个问题上左奕秉持的观点是:营养、简单,足矣。

旁人并不知道左奕的秘密。在这里她可以用极短的时间到网上浏览一下,一是浏览微博的动态,一是浏览股市午评。既然那个沉没了的吉西股份还没有浮出水面,她当然要负责任地随时了解股市的动态。她套在里面的钱虽然不多,但也足够给老妈交在青岛买房子的首付了。

不知从何时起,她开始密切关注一个叫金顶仙人的微博。

他的微博很有意思。明明是讲股市故事的,却总是与佛教禅宗联系到一起,讲股市的案例,却总能与禅理联系到一起,这本来是两条道上跑的车,根本扯不到一起去。更奇葩的是,他还能联想到王阳明,这让左奕哑然失笑。这完全不搭界啊,用胶水也粘不到一起的。王阳明这样一个理性的、参透人生的智者,如果活到今世,他会给沉浸在股市中的人来一场"股场论道",但绝不会指导股民去炒股。金顶仙人凭什么可以把这些南辕北辙的东西鼓捣在一起呢?

不过,她倒是想看看几百年前的王阳明是如何指导这个金顶仙人炒股的。

金顶仙人,住址不详、年龄不详、职业不详。

他的微博和博客虽然不经常发表文章，但几乎每发表一篇，都是可读性极强的禅学加股市的故事。虽然他的故事里面也有爱情啊，仙女啊等类似武侠小说的故事情节，但最令左奕关注的不是这些。

最初，左奕觉得这位博主的思路挺怪异，不似常人。

比如，他在一篇博客中说：

烦恼即菩提，大烦恼生大菩提，小烦恼生小菩提。所以，请感恩烦恼，它是我们生出智慧的副产品。正视它，面对它，烦恼自然会消失的。六根清净方为道，退步原来是向前。这和做股票的道理有相似之处：交易做到最后，拼的都是人品。股道的探索是没有止境的，不存在最高境界，只有更高境界。我们只能在方向正确的前提下一步一个脚印地向前走，成功之路没有任何捷径，有时候退一步可能倒是更好地进了一步。股票回调的时候，就是你重新检验内心的时刻。

一周交易终于结束了！周末在浅草寺内打坐，在幽静的黑暗中，除了院子里秋虫的呢喃，我还听到了内心的不安。这不是一个好的状态，这个状态不是一个成熟的交易者的心态。成熟的交易者应该心静如水。如果你真的有担心，说明你对交易存在疑惑。做投资就像跑一场马拉松，当你感觉到特别难受的时候，其实别人也在难受，坚持一下，跑到终点就是成功,无论名次!做交易很难,但也很简单,归根到底就是两个字"坚持"。

这段话说到了左奕的心坎上,只有心中有故事的人,才能熟知这段话的内在力量。

这个叫金顶仙人的投资者并不推荐具体的股票名字,他总是在微博的前面重复几句:没有代码,没有代码。但他关注的股票题材确实是紧跟大势的,或者说,属于趋势股。

熟悉 A 股的股民都知道,A 股就是一个喜欢炒作题材的交易市场,因为题材的多变性,使得 A 股随着题材的变化而起起伏伏,变幻无常。所以,有人称 A 股既不是牛市,也不是熊市,而是猴市,就是因为 A 股交易市场的多变性。在 A 股市场中,汉语言的丰富被发挥到极致,人们在对语言的腾挪活用中金句频出。比如:

曾经跌停难为鬼,除非解套才做人;抄底时难抛亦难,反弹无力割肉寒。

生当买股票,死亦有跌停!问君能有几多愁,恰似 A 股跌停绿油油!

股市自古谁无赔,留着账号给后人。

你在股市中因套牢而紧锁的心情,在盘后股民的调侃中会豁然释放。幸亏有这些自我解嘲的金句出现,股民们才能生生不息。人们在平时讽刺股民大惊小怪的时候通常就会说:别一惊一乍像棵韭菜,说的就是股民每天被股市惊吓的心情。"狼来了"的故事在股市中根本就不是故事。所以,能够在 A 股市场活下来的人,最起码要有一颗禁得起折腾的大心脏。

金顶仙人的博客更新并不频繁。他的微博与博客联系在一起,同时更新。一旦更新,一般就是一篇比较像样的短文。他的文章很耐读,常常给读者讲禅学故事,有时甚至一点股市动向也不提。左奕根据他的短文,就能分析出他最近正在读的图书内容。

比如这几天,他常常讲南怀瑾老先生讲的故事,说明他近一段时期正在读南怀瑾的书。

左奕从中悟出他最近正在讲的是股票套牢的道理。他曾经提到过,套牢的股票是套着的金项链。左奕百思不得其解,怎么会是金项链呢?这不是胡扯吗?当然,左奕知道这个号称懂王阳明的"懂仙"是不会乱开玩笑的。左奕用心一想就明白了,套牢的股票有时候确实是金项链,因为只有此时你才能看懂此股最终能走多远,等于给你一个机会来辨别是不是真金白银。当然,前提是你必须买对了股票。

在这个时候"懂仙"讲南怀瑾分明是他在打禅静坐,他一定有股票被套。

　　　　　　　　　　　捕手游戏

有一个时期,他爱讲股票达人利弗莫尔的警句。

利弗莫尔是《期货大作手》的作者,是美国最著名的期货大作手。他认为利弗莫尔是真正懂得交易的人。因为他的一句名言揭示了他的一生:"关心把事情做得正确,而不是关心赚钱。"

左奕当然知道利弗莫尔的故事。

利弗莫尔史称投机之王、百年美股第一人,股市无数投机者眼中的"投机交易第一人",从十一岁时就会独立交易,风吹草动都逃不过他的眼睛。他几次赚进巨额财富,又几次亏到身无分文,但每次都能神奇地东山再起。他的交易方式刀起刀落,很有阵仗,一生几起几落,巅峰时期财富超过一亿美金,约等于今天的一千多亿美金。他主要通过做空来盈利。他获得了惊人的财富,但最后却用一把手枪结束了自己的生命。

利弗莫尔的人生跌宕起伏,他的一生绝对是一部刺激的剧本,大喜大悲,引人入胜。

多年的股市摸爬滚打实践再加上有意识的反省与总结,利弗莫尔形成了他自己鲜明的股市投机逻辑。他认为市场剧烈震荡的时候才能赚大钱,只要判断正确,耐心等待,熬过负面波动和修正,终能大获全胜。利弗莫尔的人生终是一个悲剧的结局,他用自己的手枪结束了生命,并留下了那句著名的遗言:我的人生,就是一场失败!利弗莫尔在去世时依然拥有五百万美元的不可动基金。

利弗莫尔遗言中的"失败"或许指的是投机上的失败,因为他最后也没有战胜市场。但利弗莫尔从一开始就没有想过要战胜市场,他是最好的趋势跟踪者,专门跟随市场趋势。他对市场的内在规律终究没有研究透彻。当然,也有人认为利弗莫尔的自杀,与他的抑郁症和家庭矛盾有关。

从金顶仙人的微博里可以看出,尽管他多谈佛学,偶谈王阳明,但真正对他有影响的还是利弗莫尔。他的跟帖不多,因为多数股民的认知和理性不够。确实,很多人是来看热闹的,入门之道想也不想,还有的追求所谓的技术,其实,想一想就会明白,如果股市用技术就能赢,那就没有输的人了。因为来到这个市场的都是自认为聪明的人。更何况,华尔街那一整条街,全世界的数学尖子云集在那里,如果有技术,谁能比得过他们。美国电影《利益风暴》中的大老板在遇到金融风暴时对他手下的精英们说:"这一行有三种谋生之道:动作快、脑筋灵活,或心够黑。"他不是专家,能够指挥专家,当然不是单靠黑,脑筋灵活是主要的。灵活到什么程度,这正是金顶仙人要讲的,也是左奕要探索的。

也有应和者。可以看出,能够看懂金顶仙人文章的人,也都是熟悉他并有一定投资经验的人。左奕从中受益不少。金顶仙人的博客已经形成了一定的套路,大多是讲述一段炒股的故事,再讲一段他的悟道,引用一下王阳明或者禅宗的语录,多少能给人以启发。他独到的地方是,能够通过文字让一般人知道,炒股并不是铜臭熏天的唯利是图,而是一种人性的历练。这个说法非常有意思,教来教去,其实教的是让人不要炒股。有意思。

金顶仙人还有一个套路是左奕比较喜欢的,他经常引用一段王阳明的诗句,并不言说什么,但是细品,能品出其中的深意。左奕最喜欢品字面后面的意思,她有点像一个文字侦探家,不管是犀利的文字还是温暾的文字,左奕都能琢磨出文字后面作者的实际用意。仙人每天卖力气地在微博上记录自己的读书、出书、会友、写字、写文章的活动,无非是要告诉他的粉丝,他没有闲着,他在用功。左奕心里暗笑,大傻,你用不用功对他人真没有意义,他人关注的是你的思想、你的趣味、你的吃喝玩乐。

做有趣的人是人生最有意义的事情。

没事偷着乐是多么好。以前左奕是这么想的。

左奕的闺密蓝岚就享受着这种偷着乐的乐趣。

蓝岚原是一家律所的合伙人,财务自由后,选择离职在家。独居。

一个人在家,早晨睡到自然醒,醒来自由地看电影。她对左奕说:"这日子太舒服啦,舒服得我赶紧看看窗外,就怕别人看见我这个舒服。这是要偷着乐的。在这个世界上,幸福一定要偷着享用。"

这个逻辑左奕能理解,不同的人有不同的人生,就是因为各自有不同的认定。人是一定不能说服其他人的,除非她的认定与你的认定吻合。

比如这个一直想偷着乐的蓝岚,就是一个有独特认知的人。一个北大法律系的高才生,当年天津的文科状元,选丈夫的逻辑就像选石头。她的先生高大威猛,虽然没什么学历,但头脑灵活,早早就挣下了一份家业,现在天天在珠穆朗玛峰一带登山,做慈善。有一次蓝岚跟他去登了一个小小的山头,就觉得太危险了,生命太宝贵了,回来就发誓,再也不去登山了,甚至干脆把律师事务所合伙人的职务辞了,直接在家过上了偷着乐的生活。一对非常有趣的人。

左奕说她是暴殄天物。懒猫蓝岚装傻地问:"什么是天物?"

左奕说:"凭你的智商、你的学养、你的精力,你不为社会做贡献,天天在家偷着乐,这不是浪费吗?要想这样,当初还用得着拼一个状元、读一个985大学、整一个律所合伙人吗?直接天天在家偷着乐不好吗?"

蓝岚说:"听说过那个富翁和渔夫的故事吗?"

左奕当然知道。从商的成功人士大多知道。

故事是这样的:一个在海边度假的富翁,见到一个衣衫破旧的渔夫在悠然地晒着太阳,于是心血来潮地对他说:"打起精神来,我来告诉你如何成为富翁。首先,你借钱买条船,买来船去打鱼,卖掉鱼赚了钱再雇人打更多的鱼,赚更多的钱。然后买条大船,打更多的鱼,赚更多的钱。接着成立渔业公司,并投资水产加工厂运营到上市,这样你很快就会成为亿万富翁。渔夫说:"那成为亿万富翁之后呢?富翁说:"这样你就可以像我一样到海滨度假,晒太阳,享受生活了。"渔夫听完大笑,说:"我现在的生活不就是这样吗?"

蓝岚说:"我是富翁和渔夫的合体。渔夫安于贫穷那叫不求上进,乞丐都能做到。但富翁不停地求取财富那叫贪婪。我就是那个成了富翁后的渔夫。这叫求仁得仁。"

左奕想想也是,不同的认定,不同的境界,不同的体验。一个人追求财富无可非议,学王阳明也并不意味着不能去争取财富,在奋斗的路上遥望远方,一路辛苦,体验就是收获,这未尝不是一种选择。而另一个人随遇而安、闲庭诗赋、看山观云,过的是自己青睐的生活,又碍社会啥事?当然,有了财富可以抵御风险,可以满足欲望,但过一种有节制的人生,更是一种聪慧。不能不说,蓝岚把财富有节制地享用起来,也是一种智慧。有意思。

这个世界上有意思的事情太多了。

左奕还不会这样虚掷自己的时间和精力,毕竟她还没有这样的经济底气和精神底气。她在具有烟火气的生活边缘生存,默默关注着周边的人群,是因为她没有脱离一个普通人的普通生活,自然也有些普通的需求,比如给母亲买房子,比如股票。但是,除此之外,她希望生活得有意思一些,她关注这个叫金顶仙人的达人,就是觉得能从这里面看到一个有意思的人生。

今天,他又在微博上发表高论:

> 三千年读史,不外功名利禄。九万里悟道,终归诗酒田园。幸运的是,我遇到了一位高人,他告诉我,要想快乐,需要学会法布施和财布施。所谓法布施,就是把自己的人生智慧无私地分享给有缘人,而财布施则是帮助有缘人去更多地赚取财富。所以,我决定写书,把我对期货、股票的理解写进小说里,分享给有缘人。所以,我决定出山发行私募对冲基金,帮助有缘人赚钱。不知谁能对此有兴趣。

左奕突然明白了,这是一个做股票的成功者,功成名就,躲在深山里,准备著书立说啊。

左奕突然灵光一现,她对潮流的时尚图书选题向来麻木,但这一次,这个金顶仙人却让她心动了。尽管他的哲学逻辑还有一些自相矛盾的地方,但他能在充满铜臭味的、追求财富的道路上发现诗与远方,他的书应该比当下市场上那些直白地教人致富的书有趣得多,这应该是一本不错的经济文化图书。大 A 股起起伏伏这么多年,传说中的高手基本都折了,不知道这个金顶仙人是哪路高手。

捕手游戏

高手论道，有看点。

左奕在这条的微博下面给金顶仙人发了一封私信，问："有没有意愿商谈一下书稿的事情？"

金顶仙人没有回应。这不奇怪，金顶仙人在网络上也是时隐时现，有时连续几天发微博，发感慨、发王阳明的诗词；有时几天没有音信。他的微博和博客完全是自己兴之所至，笔下生花。兴没有了，人也就没有了行踪。他看不到私信也是正常的。

但左奕不正常了。她几乎每天晚上都会打开微博，寻找金顶仙人的行踪，她对他的炒股故事越来越有兴趣。往前翻一翻，真的能看到金顶仙人昔日在股市中骁勇善战的踪迹。

有一天，他是这么讲故事的：

有一天，慧空大师在大理无为寺给众弟子讲法："何为无为？无为，不是真的无所作为，而是心如止水，不去主观臆测未来将要发生的事情，静静地做好自己目前的事情。外在不动，我心不动，外在一动，我心顺动，以静制动，顺势而为也。"

我想，做股票的道理不也是如此吗？

我上大学时就开了股票账户，当时美其名曰是为了加强实践，把上学时打工挣的几万元钱放进了账户。结果出师不利，上来接连几次失误，不到一个月就赔了两万多块，这让我初次知道了股票的残酷性,赶紧收手。后来我跟着一个大户做 ST 股票,在市场全部看空的情况下,大户却不断加仓,加得我心惊肉跳。但大户只管规律性地加仓,那股稳劲儿,真是"外在不动,我心不动,外在一动,我心顺动,以静制动,顺势而为也"。看着这个大户在一片哀鸣中独立不惑,我真心佩服他的定力。这个大户是带领我走向无为之路的引路人。他是专门做 ST 重组股票的,最善于在人们不看好的股票里寻找机会。

这就是所谓的"知行合一"。"知"很容易,但只有用"行"去验证"知"才是进步的方法。"行"后你才能认同"知",如此反复,才能逐步达到真正的"知行合一"。

当你真正开始享受寂寞的时候,说明你已经提升了一个境界了。

看到这里,左奕明白了,金顶仙人肯定是一个期货或者股票市场上的成功者,她太需要与这个人交谈了,不光是因为她也陷在股市里了,更重要的是她在金顶仙人的文字里看到了一个有追求、有意思的内心。

他的内心有一本大书。

怎么办?

寻找金顶仙人。

金顶仙人深隐丛林之中,左奕只能抽丝剥茧寻找线索。

　　　　　　　　　　　　　　　　捕手游戏

经过研判,左奕认为金顶仙人应该是在云南,再缩小一点范围,应该是在大理。因为在他的微博里,经常出现大理古城和洱海的景观,甚至还有一篇文章是谈如何治理大理的。

他写道:

就像一枚硬币总会有两面一样,风花雪月的大理也是有着很多缺点的,比如缺少公共建设、缺少环保措施。马路上冒黑烟的柴油车、洱海边上乱建的别墅和客栈,看得让人心痛!但大理的确是个藏龙卧虎的宝地,刚到大理生活的一年多,我认识了太多牛✕的高人,他们大多低调、谦和有内涵。山不在高有仙则灵,这话一点不假。

这足见他对大理的热爱,没有常住大理的经历,是很难对大理的环境有这样深刻而有温度的感受的。

左奕去过大理,知道大理的古城区和洱海区有许多民俗客栈,密密麻麻的,要是没人给指明方向,是根本无法寻找的。

但这却让左奕的兴致陡然升起。

左奕的一个业余爱好就是看侦探小说和悬疑美剧,她喜欢在刚开始时就推演结局,并且跳过过程先看结果,然后再返回头来看内容和侦探过程,检测自己在推理中哪一步被骗。这也是为什么左奕虽然股票做得不好,却并不恼火的原因之一,她几乎把买股票看成了一次智力测试,在 K 线中寻找主力的蛛丝马迹和企图意向。这个应该是源自她的母亲,虽然她母亲的地下工作经历并没有什么辉煌的成就,但她的母亲从小就给她讲的侦察员的故事足以培养左奕对推理和侦查的兴趣。

寻找金顶仙人,显然比分析侦探小说和看悬疑片要有意思得多。起码,这个是与她的职业挂上钩了。出版社老总总是批评她不食人间烟火,现在这个够"烟火"的了吧。这个"烟火"搞好了说不定会有个金瓜。这年头,就是谈经济的书火爆,尤其是讲炒股的书。

继续分析。

他自称金顶仙人,那一定是在山上。是大理的苍山吗?因为喜欢徐霞客而喜欢旅游,左奕知道,苍山适合登山,而不适合居住,尤其是它的风景只可远眺。如果选择登山,那是会有一定风险的。她去过苍山,只登到一半,三千五百米的高山,说没有高原反应那都是谎言。左奕因为心脏的原因对高原反应敏感,所以对两千米以上的高山都有本能的警惕。她知道,还真有因登苍山而牺牲的驴友,而且,最重要的是,苍山也没有金顶啊。

金顶?左奕的眼睛突然亮了,对啊,金顶仙人,就是说在金顶成仙的人。大理的鸡足山就有金顶啊。

据记载,鸡足山,大名鼎鼎,不仅风光优美,而且是滇西著名的佛教圣地。

左奕去过鸡足山，不是因为它的佛教名气，而是因了徐霞客的一段传奇。因为这段传奇，左奕一直想再去鸡足山。也正是因为这段传奇，让左奕对徐霞客从喜欢上升为崇拜。

在现实世界中，左奕很少有偶像。整体来说，她是一个寡淡的人，很适合学历史。细观历史长河，大浪淘沙滚滚东去，后人看前人，都能看出真假短缺来。

但历史上有两个人，左奕真的没有看出短缺，一个是王阳明，一个是徐霞客。王阳明就不用说了，历史学中的显学，中哲的精粹，称得起伟人。然今人只知其皮毛，不知他对人类的精神贡献。徐霞客也是如此，显学谈不上，大多数人对徐霞客的认知，都仅停留在他的地理贡献上。其实远远不止。徐霞客对后人的贡献，尤其是对当代中国人的贡献，还远远没有被发掘出来。徐霞客为什么要历尽千辛万苦，没有利益和前途却依然一直游历不止？哪怕穷尽毕生的心血。他自己的解释是：他只是个平民，没有受命，只是穿着布衣，拿着拐杖，穿着草鞋，凭借自己游历天下，故虽死，无憾。但他没有说出来的话，今人很少有人能懂，这就是——按照自己的方式，去度过人生。这是一个最完美的人生箴言，很少有人能够按照自己的方式来度过人生。

这就是徐霞客给左奕的影响，如果人生确实能够做一次自我选择，她也愿意像她的偶像那样历尽千山万水，探宝于祖国山河。学史使人明智,是因为历史的长河中留下来的真人豪杰太多了。

徐霞客与鸡足山的故事堪称人间绝唱,十分感人。

史书中记载,鸡足山是僧人向往的一块净地。明代僧人静闻原为江苏迎福寺莲舟法师的法嗣,他禅诵达二十年,刺血写成《法华经》,发愿将此经供于鸡足山。崇祯九年(1636),他同徐霞客结伴而行,西游至湘江,不幸路遇盗匪而堕水,但静闻大师却将所写的经文高举在头顶,独不遗失。想必这种精诚之心令徐霞客感动,他们一路相伴,坚持不懈。静闻大师后因病死于旅途之中,临终前嘱托徐霞客将其骨灰带至鸡足山埋葬,以了其生前未了之愿。

下面才是徐霞客的高光之处,才是他独立完成的完美传奇。

此时的徐霞客也因历经旅途沧桑而身患重疾,但他高义薄云,身背静闻大师的骨灰和血写的经书,辗转数千里来到鸡足山,将静闻大师的血经供奉于鸡足山的悉檀寺,并在山上为静闻大师建塔埋骨。

读大一时,左奕就读了徐霞客的这段传奇,当时左奕唏嘘半天,在宿舍里侃侃而谈,响应者却寡。她才明白,每个人的心不是一个坐标系,人生里能够重合的坐标系就像徐霞客的传奇一样稀少。但左奕还是徒生欣喜,能与这样的义气侠骨之人生在同一块土地上,虽然相隔几百年,也是欣欣然。先

捕手游戏

祖在前。

但鸡足山对左奕就是一个遗憾,就像登苍山不去山顶一样,登鸡足山,左奕也没有登过金顶。就在金顶的山门前,左奕止步了。

那一天,登金顶的阶梯就在眼前,但左奕却明显感到气不够用。她心里清楚,三千米以上稀薄的氧气是她的心脏承受不住的。她决定就此打住,因为金顶就在那里,她随时可以再来,不在乎今日明日。

所以她对金顶并不陌生。其实,她早就应该知道,这个愿意拜佛悟道的金顶仙人,自然应该是鸡足山的常住之客。

那么,鸡足山见。

左奕在心里说着。顺手也给金顶仙人发了一封私信:金顶之约。

第三章　金顶之约

几年来,左奕的生活方式有一个固定的程式。

早晨最早一个到办公室,把手边的案头工作清理完毕,然后开始看稿,看稿,看稿……

中午,一杯无糖酸奶,一饭盒鸡蛋、白灼虾和西兰花拌成的沙拉,简简单单。然后去资料室翻资料,兼替管理员看摊子,除非有与作者见面的应酬。

晚上下班,回到自己独居的小屋,开始一天最丰盛的晚餐。晚餐多半是炖菜,鸡汤炖菜、牛尾汤炖菜、鲫鱼汤炖菜、排骨炖菜……又快又有营养。这样的程式居然持续了好几年。

市面上的减肥食谱不知变换了几代,其实左奕这里的清淡菜式就是绝好的减肥餐,高蛋白,不增膘,十几年来左奕的体重保持在五十五公斤纹丝不动,竟然没有人前来取经。也许是左奕太左爷了，人们已经忽略了她的外形，仅关注她又策划出了什么好的选题。

这当然也都不是左奕关心的，就像她不关心效益，不关心职称一样。但最后这两样却都自动寻来。在公司里，左奕的图书选题几乎百发百中，绝对信得过。

但是，因为金顶仙人，左奕的程序被打乱了。直接报送金顶仙人的选题，她还是略有顾虑。时代出版公司是国内比较有名的大众文化出版公司，因为几个大的国家项目，使公司的行业排名直线上升。《王阳明文集》是她从大师兄手上接下来的，已经编辑了几年，准备今年出版，冲刺国家图书奖。老总特批左奕可以自行掌握上下班时间，以方便她处理文集的编务工作。

现在，如果说因为一个股票大作手的选题而去云南，怕老总不会放行。只有选题计划通过了，她才可以名正言顺地去云南大理，去鸡足山寻找金顶仙人。否则，她费心把书稿组来，选题如果不能通过，岂不是很尴尬吗？左奕从来不做这种不靠谱的事情。

出乎意料，当左奕把《金顶大作手》的选题报告提交给老总时，老总虽然吃惊，却也没有多少犹豫就给左奕特批通过了。

后来，老总还是把左奕叫到办公室，想进一步了解她的想法。

左奕只能说这是一位把王阳明心学理论运用得十分独特的作者。她去组稿的目的,也是看看今后是否能搞一套有关王阳明理论应用的图书选题。"知行合一"从来就是王阳明的理论硬核,束之高阁也不是王阳明心学理论的初衷。

公司老总是上级机关调来的,业务不一定比左奕这些老编辑们强,但非常乐意倾听编辑们的意见,看上去平平常常的一个人,竟然带领公司跃上了一个新台阶。一个出版社图书的品质并非只表现在学术图书上,大众文化图书品质精良才更能彰显出版者的眼界,出版的本质就是传承和传播。这个老总的特点就是善于倾听,能听进去,工作环境因此非常融洽,简直到了其乐融融的地步。在这种氛围中,公司的图书选题有了很大的起色,各路神仙大展身手,一些市场类图书让出版公司的造货码洋形成了漂亮的上涨曲线,比大盘好看多了。左奕敢于不合时宜地提出这个大作手的选题,也是有老总的包容在里面。

老总听了左奕的选题设想,又问了《王阳明文集》的出版进度,感觉对文集的出版影响不大,便欣然同意了。

老总答应了左奕的选题,剩下的就是左奕的计划了。

左奕心中有数。

她约了懒猫蓝岚。那个在家偷着乐的懒猫蓝岚其实一点也不懒,她自己跑出去玩的次数比左奕多了去了。她喜欢玩独的,连老公大熊都不带,去的都是犄角旮旯,或者是美食出名的地方。她曾经独自在山东的长岛待了一个月，因为台风来袭实在买不到船票才给左奕发微信求助。左奕好奇她一个人在长岛干什么，她说赶海、钓鱼、睡觉。回来没有几天蓝岚又跑到了天台山的山林里，在一间满窗都是森林的房间里待了一周，说就是为了吃新鲜的竹笋。蓝岚的图片把左奕深深吸引了，周五晚上左奕拔脚就走，跑到天台山的华顶国家森林公园住了两天。左奕只是感叹，说蓝岚住这样地方住瞎了，徐霞客三上天台山，有多少好景观可以探望，只是住在林子里不动弹，浪费资源。懒猫就是懒猫，走到哪里也是蹲在一地。懒猫还是喜欢偷着乐，朋友圈不发，微信也不发，除了左奕与她联系，仿佛世间就没有这个人。

蓝岚听了左奕的召唤，当然十分高兴。她对左奕说，告诉她一个时间就行，一切都由她来安排。她就是一个旅游达人，感谢左奕给她一个"孝敬"的机会。

这是蓝岚的笑言啦，左奕对她来说，就是一个本家大姐。当年她们一起分到国家机关，住在一间宿舍，几乎每天的早餐都是左奕给她打回来的。不是左奕提出要改变一下生态，她还会留在那个机关做最舒服的职员，天天睡到自然醒，真正成为一只懒懒的肥猫了。

她和左奕同时辞职，左奕复习一年考取了大师兄导师的研究生。蓝岚则遇到了她称之为宝玉的老公大熊，当了几年真正的懒猫后，又创办了一家专门打知识产权官司的律师事务所。

长话短说。一切准备就绪。

临去鸡足山的前一天晚上，左奕习惯性地去微博上观望了一下，突然发现了一封私信。原来是金顶仙人发来的，只有两个字：偶遇。

这是什么意思？左奕想，难道他是说他们之间的相遇只是一场文字上的偶遇吗？还是说他们的见面只能是一场偶然的相遇？但不管怎么说，左奕还是很高兴的，无论是哪一种偶遇，能够遇到，就是一种缘分。其实，人生终其一生，都是偶遇。精子与卵子偶遇造就人，人与人偶遇成为伴侣，哪里有什么必然的东西。亚马孙雨林的蝴蝶振动翅膀就有可能引起美国得克萨斯州的一场龙卷风。这也不过是风偶遇了蝴蝶美丽的翅膀而已。她只不过是在网上闲逛，就偶遇了这个金顶仙人，像是偶然，又是必然，她有信心找到这个金顶仙人。

上路。

在机场见到蓝岚时，左奕还是忍不住笑了。到底是文科状元，走到哪里就是有那么一股子与众不同的奇葩味道。四十岁出头的人了，还戴着一副米奇耳朵的帽子，一个巨大的行李箱仿佛把半个家都装进去了，和左奕仅带一个双肩包的装束形成了鲜明的对比。

"我去看看，如果喜欢，我在那里住半年。"蓝岚嬉皮笑脸地说。

左奕也只是笑一笑。她是比较宠爱蓝岚的,就像宠爱妹妹。

蓝岚的行李之所以那么大,是因为她是一个注重细节的人,连睡衣也要带两套,还包括全套的床上用品。哪怕是住五星级酒店,她也要在雪白的床品上面铺上自己带的真丝床单、套上真丝枕套。再耐心的男人也受不了这份洁癖啊。她的大熊先生高石在藏区一带活动,长期不回京,不知是不是有意躲避蓝岚。蓝岚也习惯了自己一个人在家,但出门仍旧不含糊。

左奕恰恰相反。她的生活就是两个字"简单"。出门一贯是,除了身上的一套行头,再带一套应急的衣服,这就是全部。因为她并不在一个地方多待,喜欢拔腿就走,衣服不够了,就地再买一套,换下来的衣服直接寄回北京。所以,左奕的衣服多半是在机场或者宾馆附近的商场买的,自然都是大牌,自然效果都不错,也因此掩盖了她衣品不简单的真实原因:追求简单。

蓝岚会捣鼓机票的升舱。她用自己的积分预订的是商务舱,给左奕买全价经济舱,这样升舱万无一失。飞云南时间不长也不短,比较难办,买商务舱不划算,坐经济舱有点累,只有这样的升舱办法最合算。

两人在商务舱坐定,蓝岚开始张罗换座。

积分换来的舱位多半是分散的。蓝岚出门在外,一点也不懒。

她憨憨一笑,露出一对虎牙,给人以稀世之纯真。这个年月有虎牙的女孩不多见了,女孩子略有经济能力,一般首先就要拿自己的牙齿开刀,略有不平就戴牙套。成年女性戴牙套的比比皆是。但蓝岚不喜欢,说,一想到要不断地去医生那里张嘴捯饬牙齿,她就恶心。于是这两颗非常对称的虎牙就被完整地保留了下来。就像那首歌里唱的那样:"你笑起来真好看"。蓝岚说,一千个女生里面只有一个有虎牙的,引人注目的一定是有虎牙的那个。

蓝岚长得不惊艳,但很会穿戴,看上去洋气、洒脱、干练。

蓝岚对身边的一位老外开始施展她的"虎牙"社交。她的英文的确是北大水准,标准的伦敦腔,不愧是当年北大英文辩论赛亚军。

那个老外像个运动员,脸上的络腮胡子略微暴露了年龄,不是全黑,有几丝银白。他皮肤黝黑,五官俊秀,真判断不出是东欧还是中东地区的人。蓝岚对老外狂飙伦敦腔,这个阵势让老外望着蓝岚的虎牙露出大叔般慈爱的微笑。

老外大叔笑着站起身来,蓝岚的"虎牙"外交不出意料地成功了。左奕感到很不好意思,只得连连道谢。老外大叔竟然用中文说:"成人之美是一件双方都高兴的事儿。"普通话不但标准,还带儿化音,说得大家都乐起来。

事情的发展有点反常,明明是蓝岚要把左奕换过来好说话的,但左奕过来后蓝岚又要求靠近外国大叔坐,他们俩直接飙英语,若不是飞机已经起飞,两个话痨恐怕会再调一次座位。

左奕悄悄对蓝岚说:"醒醒吧,这是在天上,最好别做梦。"

蓝岚照例露出她的虎牙一笑:"你想多了。"

人很少有能真正认识自己的,左奕也不能,但蓝岚仿佛可以。

蓝岚有多少次偷着乐,就有多少回偷着哭。只是有的人喜欢把痛苦说出来,痛苦就减一半。有的人宁愿把痛苦咽下去,发酵后酿成威士忌,烈度中有香醇。蓝岚现在正在享用她自己酿成的甜酒,那快乐的程度,左奕从她身边的空气中都能嗅到。

飞机是飞大理的。

人生的目标不止一个。左奕和蓝岚不约而同想把出行的范围扩大一点,再说,谁能肯定一个喜欢偶遇的家伙就确定是在鸡足山。先在大理定定神,让北大的高才生给她分析一下金顶仙人的真实身份。

蓝岚一路没少跟外国大叔眉梢含笑。她不是那种眉来眼去的人,她做什么事情都有一种正大光明的理直气壮,她是学法律的,骨子里都是法律条例,话中有话,却能化为千骨柔。

话密路短，飞机很快到达大理。告别的时候，蓝猫大方地跟老外说："See you again."大叔也熟练地说："后会有期。"两个人倒是很默契，并没有交换名片，看上去就像是短暂告别，实际也是如此，那是后话了。

蓝岚订的客栈叫"捕舍"。

左奕把一切出行的后勤任务都交给了她，自然不多过问，只是觉得奇怪，这个有点像猎人居住的客栈究竟有什么特色，能够吸引对生活质量吹毛求疵的蓝岚，她猜此处一定别有意趣。"我感觉我们这次来是准备打猎的。"她笑着对蓝岚说。

蓝岚说："难道不是吗？你就是来捕捉你的作者的。这个客栈住客留言上说店主的咖啡是全大理最好喝的，没有之一，我是来捕捉这个咖啡大咖的。"

原来如此。蓝岚做什么事情都有她的逻辑。左奕做事情常常不问功利，因为左奕知道，功利实际上早在上帝那里标出了价格。

捕舍在大理古城外。

在通往新城的半路上，那里有一片田野，不远处就是苍山，更近处则是洱海。因为大理整顿洱海环境，洱海边上一律不许办民宿。以前左奕来的时候，就是住在洱海边上，晚上听着洱海的水声入睡，很是惬意。眼前这个名字奇怪的捕舍，外表看上去就是一般的客栈，灰墙环绕，一扇普通到令人忽略

捕手游戏

的大门。

大门一开,格局立刻显出不凡。一片茂密的竹林整齐地排成一排照壁,竹林做的照壁两边悬吊着长方形的灯笼,既不是东方的也不是西方的,准确地说应该是东洋的,只有在日本的京都才能看到这样精致的、既古典又现代的灯具。

左奕脱口而出:"好格局。"

蓝岚得意地回头一笑,说:"应该还有惊喜。"

确实令人惊喜。这哪里是什么客栈,转过竹林映入眼帘的分明是缩小的大殿。大殿是灰色的,更显得有一种漫不经心的奢华。大殿里没有人,但布局就是让来宾忽略人的,因为空旷的大桌子上面醒目地放着一把玉佩拴着的钥匙。大殿的左右两边都是古香古色的书架,上面有书、有香炉,还有紫砂壶。只有显然是前台的一个大长条桌子上面是各种咖啡器具:有蒸汽的、手冲的,有最先进的意大利自动咖啡机,也有最现代的胶囊咖啡机。

蓝岚很娴熟地走到前台的大条桌前,摆弄起胶囊咖啡机,她扔进一颗胶囊咖啡,说:"这样的咖啡怎么敢称是最好的咖啡?"

话音刚落,就听有人说:"怠慢怠慢,女士请停一下。"

说话间,从右侧的书架后面走出一位面容慈祥的长者。真是想不到,在这个日渐世俗化的旅游胜地,竟会有这样气质飘逸的先生。

等先生走近一看，其实这位先生年龄不大，只是因为身着玄色中式罩衣才显得上了年纪，实际上他与左奕、蓝岚的年纪相仿。

玄衣男子连忙拱手作揖，嘴里说着："今天东哥出门了，这几天的事情特别多，就没顾上每位客人的需求。我马上给你们冲迎客茶。"

蓝岚的嘴哪里肯饶人，不厚道地说："你们的标牌就是独一无二的手冲咖啡，手冲一个我尝尝。"

左奕扯了蓝岚一下，打了个圆场："我们改日再喝。我看左面的小记事板上写着今天的送餐是酸菜米线，可不可以先来一碗米线？"

玄衣男子立马说："好的好的，请先去房间梳洗，一会儿到品茶室来，品茶加吃米线。咖啡等东哥回来再给二位冲。"

听这话，显然手冲大师是东哥了。既然东哥不在，蓝岚也就不再争辩。蓝岚的优点很多，最让左奕看中的就是不做无谓的争论。"一切没有结果、没有对错、没有分量的争论都是浪费时间"。这是蓝岚的金句。左奕满意地拍拍蓝岚的肩，表示对蓝岚识趣的赞赏。

两人在玄衣哥的引领下来到房间。

真是惊喜连连，一个民宿客栈，竟然搞得像一个星级酒店，不，比星级酒店还要艺术。

屋里的家具都是胡桃木的，造型则是极简约的流线型，

　　　　　　　　　　　捕手游戏

这种简约不简单,透出极其现代的品位。阅读灯和落地灯与大门的方形挂灯是一个系列,长条灯笼使得房间充满一种令人心静的禅意。这些布局显示出主人的格局,格局不小。左奕在心里思忖着,她一直就是这样认为的,人生的最高境界就是简单与朴素。真正聪明的人都明白大道至简。生活越简单,越舒适;生活越朴素,越自在;简单到极致,便是大美;朴素到极致,便是大奢。最令蓝岚满意的是竟然还有行李间,这个房间布局很科学。蓝岚的行李超大,因为她出门基本自带全套卧具,与左奕的简单形成鲜明的反差,有反差才能相互吸引吧。

两人简单梳洗过后,换上干净的休闲装来到茶厅。左奕是一身浅灰色运动装,一副旅行者的派头。蓝岚则是墨绿色的瑜伽服,飞裤紧衣,浑身上下绵软得一塌糊涂,像一个行走江湖的侠女,倒是跟客栈的氛围很搭。

所谓的茶厅,其实就是一个多功能室,有升降式的床桌,如果桌子没有升起来,就是一整个干净的胡桃木地面,可以当冥思室。这里同样是胡桃木的条案上,独放一只莲花形状的香台,最边上有一只类似马醉木的绿枝条,没有一件多余的摆设。

"这个客栈老板可真是寡淡。"蓝岚用带点嘲讽也带点赞赏的口气说。茶桌上规规整整地摆着两碗酸菜米线,大碗金汤、酸菜油黄,白细的米线整齐码放,一点香菜点缀其间,清香扑鼻而来,看着就有食欲。

桌子的另一端是一把造型简洁的铁茶壶,应该是日本造,两盏同色系的建窑铁釉茶盏,让人觉得像到了寺庙一样的清净。

两人相视一笑,异口同声:"先吃面。"

米线比想象中的还好吃。虽然是素的酸菜面,但因为油水足,在清淡中能品出一股香气,是菜香、面香,还是鸡汤香?当然是鸡汤,金汤,米线的最佳汤头一定是鸡汤,善于做汤的左奕判断着。

只一碗酸菜米线就把一路的疲劳化解了。看看蓝岚的眼睛就知道了,不大的双眼一刻都没有离开手中的一碗面。对于北方人来说,没有什么是一碗面不能解决的。山东的一家航空公司提出了"东航的一碗面",浇头是青岛市民最喜爱的蛤蜊芸豆汤,味道极其鲜美。其实左奕知道,任何要去乘飞机或者刚下飞机的人,最累的是胃,无论在外面吃的多么好,胃里面都需要一碗暖胃的汤或者面。左奕笑着对蓝岚说:"这个客栈改名算了,就叫'捕舍里的一碗面',保证比'捕舍'还要吸引眼球。"

说话间,蓝岚给左奕倒上了一盏茶,她自己也喝了一口,随即大叫一声:"太好喝了,这也。"

能够让蓝岚说好的茶一定是不差的,她自己在家偷着乐的一项就是品尝各种好茶,她甚至亲自到福建去参加老茶拍卖会,买过二十万元半斤的武夷大红袍,让左奕去品尝,左奕只是觉得香味独特一点而已,实在没有品出到底是哪里好。说话间,左奕也品了一口捕舍的茶,不错,确实有味道,有一股糯米的甘香在唇齿间回味。

"这自然是普洱茶的熟茶了,只有熟茶才能有这种糯香。"蓝岚老到地说。

两人正品着,玄衣哥走了进来,问道:"两位女生还有什么需要帮忙的?"

他像是台湾人,以女生称呼女士,是台湾男士对女性的尊称。但他发音不准,"生"发成了"神"的音,听上去好像是说"两位女神",让两位"女神"也忍俊不禁起来,气氛一下轻松了许多。

蓝岚先问了这普洱茶的名字,玄衣哥说:"这是鸡足山迦叶殿的一位大师自己制作的,因为捕舍在鸡足山也有茶馆,东哥跟大师修佛习禅时也跟着大师制作了独特的这一款。的确是独一无二的。"

听玄衣哥这么一说,两人来了兴趣。本来此次出行的主题就是鸡足山,没想到还这么巧,还有可能在鸡足山安营扎寨。两人跟玄衣哥细细打听了一下。

原来,这个捕舍的主人叫向东,也就是这位男生口中的东哥。他平时喜欢修身念佛,经常到鸡足山去拜见师父,一住就是几个月。于是,他在鸡足山的住所也办了一个分舍,如果来大理捕舍居住的店客想去鸡足山的话，可以一店两住，也就是说，你可以在鸡足山住店不花钱，只付大理捕舍的钱即可。

蓝岚一听兴奋了起来："天下还有这么好的事情啊，快去快去，我们就在鸡足山上住不就齐活了吗？"

她这一惊呼，把玄衣男给蒙住了，连忙说："鸡足山你住不长的，一般有高原反应的晚上就回来了。一般是，如果东哥碰见有缘的人，聊天聊晚了，就顺便住下。那里的自然环境比这里好，但居住条件没有这里的捕舍好，因为房子是鸡足山寺庙的，不能改造，而且也只有三间，有一间还是东哥的工作室。"

听到这里，左奕也好奇起来，问："你的东哥是醉翁之意不在舍，而在山水之间啊。"

玄衣男不无敬仰地说："东哥是我要一生追随的人，他是一个奇才。我不多说，你们可以自己见见。"

左奕和蓝岚双目一对，当下决定，第二天先去看看大理的崇圣寺、三塔等景观，第三天就去鸡足山。

当年左奕第一次来大理的时候，刚刚大学毕业，她真想就此留在大理，开一家小小的茶馆，无风无雨过一生。虽然洱海看上去比青岛的大海差太远，但这里的一流风景、乡村味道却是大都市所没有的。第二次来的时候，大理已经被过度开发了，咖啡馆、茶馆、客栈如海棠花落，虽然缤纷满地，却没

　　　　　　　　　　　　　捕手游戏

有了鲜活的生机。她想要在大理久住的念头就此打消。

蓝岚则不同，她的游玩从来不关乎情感上的喜好，她就好像一个考察者，无论到哪里，都能准确无误地评判出景点出彩的地方和出位的劣势。观光就是观光，感情泛滥才会爱上这地儿那地儿的。

宇宙太大了，你没有见到的美景多了去了，见一个爱一个还玩不玩啦？她的逻辑是，旅游看风景是为了善待自己，而不是被风景圈住。不能融入风景之中，一定要出离风景，才能真正地观赏风景。蓝岚的逻辑始终在线。

左奕记得金顶仙人对大理的寺庙也多有描写，她虽然也去过多次，但与去看全国其他地方的庙宇一样都是浮光掠影。如果能旧地重游时碰到金顶仙人，也是不怕一万就怕万一的机遇啊。

两人商量定了，由玄衣男给她们订好第三天上鸡足山的专车，她们可以到鸡足山住上两天，然后再回来继续看风景。这样的轻奢出行必须带上蓝岚才可以做到。她的逻辑一直就是不要把精力浪费在寻找光明的、黑灯瞎火的路上，要保留精力在光明到来时全身心地享受光明。她是真的一点委屈都不受啊。

到了崇圣寺，左奕开始给蓝岚做景区导览，当然，她会根据自己的喜好画重点。

"崇圣寺背靠苍山，面临洱海，崇圣寺有名气在于三塔，三塔由一大二小三座佛塔组成,呈三足鼎立之态,在山看塔,在水看佛。"

下面是左奕画的重点:"大理国有'佛国''妙香国'之称,崇圣寺是大理国佛教活动的中心。大理国二十二代皇帝中,有九位逊位后到崇圣寺出家为僧,这在整个中国历史上都是极为罕见的事情。尽管他们出家为僧的原因不同,但足以说明佛教和崇圣寺在大理国的崇高地位。"

一直听左奕灌输的蓝岚终于被带入了,她十分惊奇地问:"为什么呀?这做皇帝都要出家,百姓可咋整?这也太不敬业了。"

左奕当然只能苦笑。她笼统地解释道:"这与大理国实行的政教合一统治有一定关系。"

说到这里,蓝岚直接打断了左奕的历史介绍,说道:"我不懂历史,但我想皇帝也是人,人之所有,皇帝也有。就算今天你也是皇帝,你是在位呢还是出位呢?"

左奕笑了:"这个可真说不好。不在其位不谋其政,皇帝这个位置哪里会有人想去置换啊。不过,历史上,不愿意做皇帝而出家的还大有人在。出家的皇帝必须有一个前提,就是要信佛念佛。历史上信佛好佛倡佛的皇帝很多,比如南朝梁武帝萧衍。萧衍早年以武功起家,信奉道家学说,后皈依了佛门,成为虔诚的佛门弟子。他曾下诏令全民奉佛。在梁代佛教成为时尚。汤用彤先生曾总结说:'南朝佛教至梁武帝而全

捕手游戏

盛。'梁武帝佛学造诣很深，且多才多艺，擅长诗词歌赋，早年就以名士和才子著称，是个典型的文人皇帝，但他急功近利，贸然北伐，最终亡国身死。如同后人对南唐后主李煜的叹息之语'作个词人真绝代，可怜薄命作君王。'梁武帝的悲哀，大概也相似。

"还有杨坚，统一中国，结束乱世的隋朝开国皇帝杨坚奉佛，是有着深刻的个人背景和时代背景的。隋文帝从降临人世，便与佛教结下了不解之缘。因为他就出生在寺庙里，从小父母就把他寄托给僧尼抚养，他一直在寺庙里生活了十几年，以后做了皇帝，他也时常对臣下讲起自己幼年时代的这段佛门生活，毫不避讳。隋文帝对于佛教的恢复，对佛教在国家的正规化和正式化，功不可没。"

看蓝岚听得挺有兴致，左奕又继续给她上课："最有意思的是顺治。顺治出家是历史上的一个谜题。有人说顺治一向好佛，脱去龙袍换上袈裟，是为除去世间烦恼。更多的人则认为顺治出家只为董鄂妃一人。凡是出家之人，大到皇帝，小到平民，必是有一些缘由的，顺治帝本身对佛教就有浓厚的兴趣，而董鄂妃之死又对其打击至深，同时多尔衮多年摄政，他身为一个傀儡皇帝怎么能不郁闷？何以解忧，唯有出家。"

"对啊。"蓝岚对这个话题显然很感兴趣。她想起曾到清源山看到的弘一法师舍利塔。舍利塔前的"悲欣交集"系大师生前最后遗墨。她总结道："皇帝出家的最后境界应该都是

'悲欣交集'吧？"

左奕说："其实每一个人，在生命的终点，都会有悲欣交集的感悟。只是有的人强烈一些，有的人有所感却无法表达而已。"

蓝岚则表达出了她的另一层思考。她认为，对于一个企业家来说，在俗世当中追求利润、追求成功才是目标，可为什么会有很多企业家信佛念佛？这大概是因为佛教中的"自利利他"教导人们不要只考虑自己的利益，也要让他人得益。这和民间讲的"积善之家庆有余"——做善事的人家子子孙孙都会得到幸福，是一个道理。

左奕像往常一样，对蓝岚的奇谈怪论从来都是淡然处之，再说，这个话题似乎与她们来大理的旨趣相去甚远了。她觉得应该转移话题了，便对第一次来大理的蓝岚说："咱们去三塔倒影公园吧，那里可以拍到最美的三塔，也可以让你的倩影与三塔一样永远保留。"

此建议当然被否。

蓝岚，一个既飒酷又慵懒的中年女性，认为旅游留影纪念是最没有意思的，她基本上没有走打卡旅游景点的套路，而是捕捉偶遇的瞬间，瞬间里可能有故事，可能有旨趣，就是没有打卡的纪念含义。

两人说话间就打车去寻找大理最好吃的砂锅鱼了。

大理砂锅鱼是大理名菜之一。其实，各地砂锅鱼的食材配料大同小异，但正是因了这"小异"之处，出品的味道才各有不同，比如，砂锅鱼的食材里一定会有冬菇、火腿、腊肉、鸡片等，不同的是大理的砂锅鱼用的是洱海刚刚打上来的活鱼。正宗的大理砂锅鱼，厨师会将鲜鱼剖腹洗净，腌上五六分钟，然后加汤，微火炖熟。再比如南方的打边炉，放当地时令蔬菜，最后的灵魂一绿，就是那一小堆翠绿的青蒜。不过，在当地的名吃中，最为讲究的应该是锅气，不同的人烹饪，就有不同的锅气，完全看烹饪者的悟性。有悟性的人，就是做一碗方便面，也会让人垂涎欲滴。

对于吃，左奕要比蓝岚讲究一些，因为自己会做，知道吃的要诀是食材。到这些具有民族地域特色的地方，最应该吃的就是当地的食材。大多都市星级酒店的烹饪，不过是一种香料的游戏而已，而且是由一个星级标准培养出来的，只要是五星级酒店，相同的菜式基本都是相同的味道。但民间的东西不一样，当地鲜美食材造就的特色美食，也是当地的人文环境创造出的可以回味无穷的文化口味。

砂锅鱼自然好吃。服务的姑娘都是白族少女，各个儿着民族服装，让用餐者也像参与了一场表演。"这个时代太注重形式了，没有内容的形式是花架子，肯定长不了。"蓝岚总结说。

下午将要参观的是无为寺。这也是左奕比较喜欢的一个景点。蓝岚对"无为"这个名词也比较喜欢，用她的说法，没有人比她更懂"无为"的真谛了。左奕想一想，这话她说得还真不假，她几乎对什么都无为。自从财务比较自由后，对，就是从财务比较自由之后，蓝岚便极快地悟道了。生命的灿烂在她这里开放的时间太久了，就像定格的烟花一样，只有灿烂，没有消失。或者说，她只消失在永恒的灿烂中，在灿烂中永恒地消失。

想到这里，左奕不由得笑了，近朱者赤，跟蓝岚待了两天，竟然与蓝岚一样也有了人生的倦意。可是她还不能无为啊，因为她的财务还不自由。

她们来到无为寺前。当然要先看门口的官方介绍：

> 无为寺的"无为"是佛教名词，与"有为"相对。这是大理历史上一座名声显赫、特色独具的佛教名寺，曾有八位大理国王在此出家修行。另外，无为寺还是一座武林高手辈出的佛教名寺，据说金庸《天龙八部》中的天龙寺就是这里。如今，练武、念佛、吃茶是无为寺三大修行方式。

看到这里，从来不读文学图书的蓝岚突然福至心灵，灵光一闪，想起了什么，她问左奕："是不是一阳指和凌波微步都是这里来的？"

"的确啊，金庸的《天龙八部》中，一阳指和凌波微步都是段氏的独门绝活。书中记载了段誉在大理国无量山琅嬛福地给玉像磕头后,得到逍遥派武功精要秘籍《北冥神功》,凌波微步位于卷轴之末,要待人练成北冥神功,吸人内力,自身内力已颇为深厚之后再练这一顶级武功。"

左奕笑道:"行啊,什么时候读金庸了,你不是说小说都是无聊之人讲别人的故事吗?怎么也看最不真实的武侠小说了?"

蓝岚不屑地摇摇头,说:"左爷,您这就错了。我说的是无聊小说啊,金庸的小说故事是假的不假,但里面的真情却都是真的。"

"你这假不假,真不真的还真把我绕糊涂了,你看了几本小说就敢这样下断言啊?"

"没看多少。咱不是无为吗?偷着乐的这几年偷看小说来着,你们推崇的那些小说都看了,我就不胡说八道了。依我看,作家冯唐的'金线论'还真是说得不假,大多数没有超越文字的金线。金庸的超了,大大超了。"

左奕倒不奇怪蓝岚的奇谈怪论,她说出什么惊世骇俗的话语都不足为奇,谁让她是文科状元来着。但左奕倒是从蓝岚的这段话和阅读经历中悟出了蓝岚的寂寞。寂寞才有时间饱览群书,谁见过活跃在社交圈中的人能有大把时间读书。

就像眼前的无为寺,说是无为,其实有为的东西恰好都在无为之中蕴含着,你得仔细品。

无为寺是有极其厚重的历史底蕴的。"无为而治"是《道德经》中提出的,是道家的治国理念,是老子对历代君王的告诫,无为寺的由来大概也和这个有关。无为寺因推无为即有为理念,兼为皇家寺庙,地位尊贵。大理曾有段思英、段素隆等八位皇族在此出家修行。

该寺得天独厚,非比寻常。

无为寺有八景,左奕最喜欢的两景:一是传说唐僧取经路过此地,曾在这里晒经书,由此而得名的"晒经坡";二是明太祖朱元璋的孙子汝南王朱有爌居大理期间,曾在无为寺听经学法,写了一篇《无为寺记》,并将其刻录其上的玉磬碑。玉磬碑石品极高,叩之如敲玉磬,是镇寺之宝。

说到明代这位明太祖之孙,左奕不由得笑了,她是学明史的,知道这位汝南王的"有为"之举,有为的人能在无为寺感悟,只能说历史是粗线条的。

蓝岚望着无为寺不禁生出感叹:"无为寺就像一道光,给所有心有灵犀的人射出了一道人性之光。有的人,能看见光的所指;有的人看见的光,就像手电筒的光,一碰,光就灭了。"

左奕看着蓝岚,颇为欣赏地说:"才知道人不都是表现出来的那么简单可辨识呀。就像你这个闺密,每次见面,就觉得你更剔透一些。现在,不但剔透了,还包浆了。"

蓝岚听了哈哈大笑起来。

无为寺看完了,左奕和蓝岚便抓紧时间回到捕舍,明天就要上山,舟车的劳累还没有消失,需要休整一下。

晚上捕舍提供的是便餐。仍旧是玄衣男在前台,但从其他厢房的落地窗里可以看出,还有其他人员在忙碌。玄衣男说:"捕舍提供的晚餐都是简餐,而且是套餐。"蓝岚拿过印制精美的线装菜谱一看,便惊呼起来:"这个可真太妙啦。"

左奕拿过菜单一看,也不由得欣欣然起来。

菜单上的一道菜是"松之灵",名字很有寓意,再问,实际就是"香煎松茸"。这道菜配的主食是三鲜三明治,汤是"醒着"。蓝岚问玄衣男:"什么是三鲜三明治?"玄衣男道:"就是豆腐、鸡蛋、香菇。"左奕问:"那'醒着'呢?""'醒着'就是用柠檬、薄荷和折耳根做的清汤。"折耳根?这道汤够醒人的,不爱吃折耳根的人还不得把所有吃下去的荤菜吐出来啊。不过这道汤确实有水平。仅这几味食材就够醒脑的。

"吃之。"蓝岚简单地回答。

虽然捕舍号称只是简餐,但真正的简餐端上来后,观感却十分隆重。褐色胡桃木的案板上横着一条已经切成两段的法棍式三明治,案板的一端放着一朵大大的白色鸡蛋花。鸡蛋花是大理的特产,乳白而娇嫩,这道三鲜三明治精美得像是面包房橱窗的摆设。接着上来的是纯白的方形碟子,松茸被煎得黄澄澄的,码放成两排,松茸的中间是一朵红色的鸡蛋花。菜还没有端上来,松茸的清香已经把这道简餐推向了高潮。两个吃面用的农家粗陶碗,盛着看不出颜色的、所谓的

"醒着"，齐妥妥的一顿斋饭。

简餐着实简单了些，但很开胃，吃着也很舒服。三鲜三明治烤得外焦里软，里面的鸡蛋和豆腐干都是煎过又酱香过的，很入味，口感丰富。更不用提那道价格不菲的松茸了。松茸也是大理的特产，九月正是吃新鲜松茸的最佳时节。松茸用黄油简单一煎，内在的香气便爆发出来，香脆的三明治加香软的松茸，在口腔里重新会合成清香的盛宴，真可惜《舌尖上的中国》里没有这道菜。蓝岚吃得连连叫好，再品一口"醒着"，顿时服了。酸甜清香，有冬荫功汤的甜口，又没有刺激的辣味，确实猛地让人醒了一下。

左奕笑着对蓝岚说："我敢打赌，一定是那个会冲一手好咖啡的老板东哥的创意。"

蓝岚说："我也敢打赌，不仅这些菜是老板研制的，连菜单也是老板设计的。"左奕摇摇头："想赚你的钱可不容易，比人精还精。"

蓝岚哈哈大笑着说："这个世界上的人智商相差不大，人和猪的基因链都相差不大，我不相信什么基因遗传的鬼话，我爹娘就是普通闯关东的农民，也没有闯出什么名堂，现在还得指望我给他们买房子。我也没觉得我多么用功，当年听说自己是状元时一直以为别人开玩笑呢。这就是一个运气。"

边说边吃，两人喝完醒汤，顿觉全身轻盈。

蓝岚想去泡吧，这也是大理的一大特色，被左奕劝住。一来明天上山,需要养精蓄锐;二来大理的酒吧,不就是全国各地酒吧的集合吗?全国的酒吧都一个路数,别出心裁,惊你一跳,骨子里透出要你钱的阳谋。挣钱辛苦的人都不太情愿去那里挨宰,除非想在那里寻找失落的什么。正经有事干的人都恨不得在深山老林里寻一茅草屋待着,最好双手一背,模仿着古人。"断送一生憔悴,只消几个黄昏"。

两人回到房间,蓝岚打开巨大的行李箱,拿出瑜伽垫,要静坐。左奕让她干脆去庭院里,在月光下静坐,那是最奢侈的瑜伽馆也没有的环境。

蓝岚出去了。

左奕打开电脑。

身体的旁逸斜出并不代表大脑的休息。左奕的脑子一直运转着对金顶仙人的猜测。现在,她已经到了金顶仙人可能的居住地,但连个仙人影儿也没有遇见。她真的有点犯嘀咕,这样做是不是有些唐突,不知道作者的真面目就来组稿,这恐怕是她组稿史上最不靠谱的一次了。

虽然没有什么希望,她还是给金顶仙人发了一封私信:"已经到达大理,明天去鸡足山,希望偶遇。"

接着,她把白天去无为寺的感想和照片发到了微博上,好久没有更新了,好在粉丝们也习惯了她时有时无的存在。参观无为寺她还是很有感想的,尤其是蓝岚的感悟,很有禅意。正写着,电脑显示有私信进来。左奕一看,惊喜啊,金顶仙人回复她了。

金顶仙人到底是仙人,并不表示是否认可左奕的闯入,而是写下一段颇有深义的话:"我相信命运,相信定数。所有的偶然和必然都有自己的定数。在这个不可掌控的世界上,宇宙阔大,山水相遇,世间不仅仅有你我、爱恨,还有鲜花与诗歌、苍山与洱海。远兜远转能相遇,那只能是缘分。成,是命定;飞,是定命。所有的关系,一定是一别两宽,各生欢喜。不如此,又能如何?"

这段话读起来太烧脑了。左奕有点困惑,她也没有说什么,只是约稿而已,怎么会让金顶仙人如此感慨?看来他不但是一个高深的人,也是一个神经过于敏感的人。这让左奕增加了一丝担忧,不是为自己,而是为仙人。

不管怎么说,他回话了,他就知道了有这么一件事,有这么一个人,将要来见,将要认识。

左奕回复了金顶仙人,明天即将到达鸡足山,希望必然的偶遇的到来。

关上电脑时,左奕"嘁"了一声,她最喜欢侦探小说,现在可真是让她当起了侦探了。她不由得在心里呼唤着,老妈老妈,苍天饶过谁啊?

一夜好静。

清晨,在鸟鸣声中醒来,左奕和蓝岚仿佛重新启动的电脑一样,充满了能量。两人将行李简单收拾一下,留下大件的

　　　　　　　　　　捕手游戏

行李,只带随身用的洗漱用具,这毕竟是一道还没有答案的应用题,万一没有解,难不成要在鸡足山漫山遍野地呼唤金顶仙人吗?

玄衣男亲自开车。蓝岚调侃他:"你的老板很会经营啊,你一人数职,老板给你多少薪酬啊?"

玄衣男一口台湾普通话,笑着说:"也不是啦,老板说要好好接待你们二位,嘱我亲自开车,怕你们找不到捕馆。"原来是老板安排的,原来捕舍在鸡足山的分店叫捕馆。有意思。

蓝岚的兴趣被引发了:"你们老板知道我们是谁吗?"她接着转过脸来问左奕:"我们是谁?我们也不知道啊。"

这个问题问得好。她们连自己到底是来公干还是来旅游都说不清楚,老板怎么可能会知道她们。

"不是啦,我们老板只知道是两位女生。因为我们捕舍从来都没有接待过女生,老板有些担心,他自己都说不好搞。"

"你们老板不接触女生吗?"蓝岚好奇地问。

"老板最怕女生,说是太麻烦。"

"老板单身贵族啊。"

…………

玄衣男没有回答。

是了,这是涉及隐私的部分了,有教养的人都不会多嘴的。左奕在心里笑蓝岚,一个喜欢偷着乐的人,怎么也开始八卦了?好奇害死猫。

车子很快就到了鸡足山。

从下关出发,沿入宾川老路行驶,约五十公里就进入了鸡足山区域。道路两旁的田地里是爬满架子的葡萄藤蔓,一片果香。偶尔能见几片很大的桃树林,只是树上没有了挂果,桃子的时节应该是过了吧?在离鸡足山镇三四里的地方,道路两旁猛然多出了很多摊位,卖香的居多。未入圣山,已感到了香火的旺盛。

汽车沿着山路走到半山腰,在停车场驻车后,蓝岚和左奕发现鸡足山的寺庙都集中在这里。

万寿庵位于鸡足山的下半山处。从万寿庵沿竹林小路往上走不远,就看见了群山环抱之中的虚云禅寺。据记载,万历三十年(1602),住持可全禅师扩建该寺,改名大觉寺。清光绪三十年(1904),禅宗泰斗虚云和尚到山礼佛,讲经说法,再振鸡足山佛教雄风。

玄衣男将左奕和蓝岚带到了一个圆形门前,门口的侧面墙上挂着一个小黑牌,乍看之下以为是门牌号码,仔细一看,上面用很小的字写着"捕馆"。不仔细看,是看不到的,这是老板成心让路过者看不到,寻找者用心找啊。

"香港作风。"蓝岚评道。她说她以前去香港,慕名拜访张国荣开的一家餐厅,餐厅有名字,但一般人看不到,朋友在餐厅的入门口指给她看,刻在门框边上很小的四个字:"为你钟情"。不是知情人,根本找不到这家茶餐厅。"这个肯定是模仿来的。"蓝岚下结论。

圆形门虽小,进去却别有洞天。一进门可以看见有一座塔,非常小,但很精致,上面雕刻着许多尊佛像。经过一个亭子,就到了捕馆。

捕馆的左侧是一排三间平房,皆为落地窗,看来店主不喜欢有隐私,他的捕舍也是落地窗的设计。右侧为两层小楼,楼下是斋堂和客堂,楼上应该就是老板的住处了。院内花团锦簇,草木深深,一棵有几百年历史的玉兰花树根植沃土,枝繁叶茂,默默地冠盖着这座小院。真是一个令人心静的住处,住在这样幽静的地方,哪里还有什么"捕"的心思啊?

小院的四周红墙被一片翠绿的竹林掩映着,周围静悄悄的,没有见到什么人。这个老板真是神秘啊,山下没有见到,山上还是没有见到。

左奕和蓝岚的房间在左侧厢房的第一间。前窗是落地的,后窗是扇形的,有点像北京香山饭店的格局,或者说整个就是一个微缩的香山饭店。还是简约的装修,从室外到室内,基本上只用三种颜色,白色是主调,灰色是仅次于白色的中间色调,黄褐色用作小面积点缀。这三种颜色组织在一起,无论室内室外,都十分统一,和谐高雅,尤其是一窗一风景的特点非常明显。这种细节处的用心给人留下极深印象。在庭院的中间,有一只巨大的鸟笼,笼里有几只不同颜色的鸟儿在叽叽喳喳,好不热闹。这与庭院中的寂静形成鲜明的对比,达成动与静的美妙组合。这一点看起来简单，但却最难做到。

玄衣男好像跟老板打了一个电话，然后对她们二人说："老板让我顺便带回大理一个客人，他们正从金顶往下走，你们稍微等一下，或者在四周走一走。"

不知道为什么，左奕心中对这个未见其人但闻其名的老板特别好奇。一个喜欢把客栈搞得很有禅意、对生活还很有追求的老板，究竟是一个怎样的人啊？

她觉得有一种预感在心中蠢蠢欲动。

说话间，她们走到门外，不远处就是一座座寺庙。这些寺庙中最大的要算祝圣寺了。

鸡足山的古木十分茂密，祝圣寺的建筑依山就势，掩隐在一片古木丛中。

左奕上一次来鸡足山时是沿着一条徐霞客的足迹上山的。沿途尽是古树，左奕走在这样的古道上，心中对徐大侠的崇敬更是遥无尽头。踏着徐大侠曾经走过的山路，她感到一种发自内心的幸福。脚下的每一寸土地，想必都有徐大侠的印迹，能与大侠脚踩同一块土地，共见同一片山色，不亦乐乎。

左奕的偶像是徐霞客，这是她在中学时就崇拜的对象。中学时代，左奕给师生们的印象就是李清照式的才女，大家都以为她未来一定会成为著作等身的作家，谁也没有想到她选择了历史专业，而触发她这一选择的就是徐霞客。左奕心

　　　　　　　　　　　　　捕手游戏

想,没有选择地理就算对得起语文老师了。

一个人精神富足往往表现为有信念,也就是哲学里所说的执念。人有执念并付之于行动,便是与徐大侠同一朝代的王阳明大师所说的"知行合一"了,很少有人能够喜欢一件事喜欢一辈子,徐霞客做到了。他一共来了鸡足山六次。

想多了。左奕自己摇摇头笑了一笑,蓝岚怪异地看了她一眼,道:"你可别在这地儿闹仙啊,本来就是来寻找仙人的,别仙人没有找到,你自己就成仙了。"

左奕赶紧用手指按在嘴唇上朝蓝岚"嘘"了一声,随后说:"你知道鸡足山有一句名言吗?"

"什么名言?"

"注意话头。"

"什么意思?"

"少说为佳。"

说话间,她们进入了祝圣寺。祝圣寺的四周,红墙绿树交相辉映,走进祝圣寺的大门,首先看到的是月牙形的放生池,放生池之间为镇宝亭,也叫八角亭。

寺内有鸡足山的全景图、放生池、藏经楼、雨花台、碑林、方丈室、静室、僧舍等;内外庭院有长廊、曲径、洞门、花圃、茶座、古柏,为古建筑与大自然的巧妙结合。

在鸡足山,住山静修的人很多,也正因如此,捕馆才能存在。

她们去了崇圣寺。在这座极具盛名的古刹中,香客甚多。只见很多善男信女焚香礼佛,向四方朝拜。左奕和蓝岚没有带香,就在这座古刹中静静待了一会儿,看看那些庄严的佛像,也略带好奇地观摩一下名人的题字。伫立其中,看着那些袅袅升起的烟,想象一下晨钟暮鼓的寂然,超凡脱俗的心境油然而生。

　　她们转了会儿,便回到了住处。这家捕馆越看越有味道,令人舒适的大繁至简的设计、浑然天成的材质还带着松香,禅意满满,让人很自然就静下心来。

　　住处的主人仍旧没有回来,看看院中并没有人,而斋堂就在右侧的两层小楼的一楼。她们在等着玄衣男为他们下面。

　　仍旧是一碗面,另有山菌炖土豆腐、凉拌山野菜、树菌炒蛋。与山下的菜式一样,简单却让人有食欲。

　　在等下面的时候,蓝岚好奇,便拉着左奕悄悄地走上二楼。二楼的设计也是别具一格,仍旧是落地大窗,一共有四间房,第一间特别大,好像是书房,只是一整面墙上有六个电脑显示器,迎面的墙上有一排顶天立地的书架,书架上倒是没有多少书,好像也是刚刚立起来不久的样子,左奕职业病一样顺手取出一本《王阳明诗文集》。

　　左奕的心里渐渐明了了,她对蓝岚说:"咱们快点下楼,让主人回来看见不好。"

两人赶快走下来，玄衣男端来了面，是鸡枞菌下的清汤面。在这里吃饭就不要有奢望了，有一碗菌汤面就很不错了。

她们正吃着，门外传来洪亮的笑声。

一个光头男子和一个着白色T恤的男子说笑着走了进来。

光头男子精瘦，戴黑边眼镜，着白色圆领汗衫、玄色绸裤。从一双布底的丈人鞋上就可猜出，他就是捕馆的主人东哥了。

另一个人戴着金丝边的眼镜，看上去就像是从民国直接穿越过来的人。这位民国范儿大叔别看只是一件白色T恤，却穿出来一股达官显贵的味道。他们走进餐厅，见有生人，正在热议的什么话题戛然而止，这让左奕和蓝岚觉得是她们很唐突，无意中闯进了别人的私圈儿。

"民国范儿"连忙对光头男双手作揖说："你有客人，我就告辞了，回头再说。"那架势就像要逃避什么一样。

光头大叔抱歉地对两位女士笑笑，说了一句："你们先用餐，我去送客。"说着也追着客人而去。玄衣男看见老板回来了，赶紧跟左奕打了声招呼，说："我要送客人下山了。山下见。"

眨眼的工夫，小院从熙熙攘攘一下安静下来，让两个吃面的女士面面相觑，一时不知是吃还是不吃。

蓝岚满不在乎地对左奕说："赶快吃吧，一会儿不知道还会来什么怪人。真奇怪,就跟见了鬼一样,我们有那么可怕吗?"

院外还是有说话声,看来他们确实有重要的事情没有说完,但是他们并不回避玄衣男。又过了一阵子,响起了汽车发动机的声音,"民国范儿"真的走了。

女士们碗中的素面刚好吃完。

光头主人东哥走了进来,客气地向左奕点点头,一边伸出手,一边自我介绍:"我是向东,客店掌柜的,也是你要找的人。"

这样的开门见山倒让左奕颇感意外,虽然他说出自己的身份她并不意外。

天下太小,奇人更少。左奕心中的疑惑在进入楼上书房时已经解开了。金顶仙人,踏破铁鞋无觅处,得来全不费工夫。一道难题,迎刃而解。

捕手游戏

第四章　捕手向东

金顶仙人就是东哥,东哥的真名叫向东。

向东,名字比较响亮,有网传一名私募短线比赛的冠军,名字就叫向东。

只闻其名,不见其影。向东的名字出来之时,就是他在江湖上销声之日。所谓的人已不在江湖,但江湖还流传着他的故事。其中最广为流传的,是他曾出手相助一位落难的朋友,接手了他代持的股份,稳住盘面后又将股权如数奉还。

从此向东在江湖遁行。

现实从来就是打破浪漫的砺石,本来是很玄幻的一件事情,谜底就在仙气十足的鸡足山被揭开,左奕觉得有些失落。她想象过各种奇特的偶遇,甚至想象仙人是一副仙风道骨的飘逸神韵。然而都没有,很平常的一个人,而且还是最有市井气的股市前辈，太平常了，太现实了，太出离想象了。

当然，对山下捕舍的惊艳之感尚存。

她跟向东的会面如此平淡，平淡到彼此就像是多年未见的老朋友，寒暄都不用，交谈也就很随意。

"你知道是我们来捕馆住宿吗？"

"差不多。"

"怎么判断的？"

"你们住的第一天，你不是给我写信了吗？有显示的地址啊。"

左奕本是侦探者，结果被反侦探了。左奕有了一种认同感。同类啊，那就直奔主题吧。

"向先生的学识很丰富啊，尤其是对中国传统文化的解读，还能联系当下的资本市场，什么时候能把他们整理出来，以襄读者？"左奕说得不卑不亢。

"虽然有这个打算，但准备不够，还在进一步琢磨当中。还希望左主编多多指教，也谢谢左主编的信任。"向东回答得也不卑不亢。

两个人中间似乎有一道透明的屏障，看不见，摸得着。

"我不是主编，是个老编，叫我左奕就好。"

蓝岚在一边插话说："我们左爷在微博上也算大咖级人物了。网名就叫左爷。"

向东笑了笑，一口洁白的牙齿。他毫不犹豫就地称呼"左

捕手游戏

爷"了,他说他看过左爷的微博,心有灵犀。看来这也是天意。

这让左奕很吃惊,细想也就释然。网络时代,蛛丝马迹都能顺导出它的源头,何况她给向东留过私信。

三个人边吃边聊,时间很快就到了晚间。

吃过饭后,向东提议带她们到山涧转一转。蓝岚最是喜欢,于是三个人在湿润的薄暮中,慢慢向周边的树林中走去。

捕馆的四周很安静,寺庙较少。向东介绍说,这里本来是他租来修行打坐用的,后来也用来接待大理捕舍的客人。当然,这里不会收钱,钱在山下收过了。

蓝岚嘴毒,听完捕馆的来历,就笑着对左奕说:"不愧是搞资本运作的,一间茅屋,也能找出商机。"

左奕怕东哥不高兴,连忙说:"这也是善举啊,对寺庙和香客都非常好。寺庙多做善事,香客不用花住宿费,不是一举两得吗?"

向东听了哈哈大笑,没有一丝一毫的介意。左奕趁着夜色还没有完全降临仔细打量了向东。

向东的形象堪称"帅锅"(帅哥)。他人到中年,却没有中年的油腻。中年油腻的最大标志是发福的身材、成熟的面相、沉稳的个性。向东是运动员式的精瘦、刀刻般的五官,不笑的时候冷峻,笑起来却透着一股慈悲。想到这里,左奕赶紧揉了揉眼睛,不好不好,这样不好,完全是代入式的评价了。代入了什么呢?种种种种,先前的阳明经学、后来的佛经禅学,还有股市的精到心得，这一切都是障眼布，有可能遮住主体的真容。

接下来自然谈到约稿的事情。向东说："王国维说过人生要经过三个阶段……"毒舌蓝岚连忙接着："我知道，不就是昨夜西风凋碧树，衣带渐宽终不悔，众里寻他千百度嘛。"

"哈哈哈"，向东的情绪看上去很好，蓝岚的抢话并没有让他不快，他甚至有些慈爱地向蓝岚竖起了大拇指，就像大人赞赏听话的小孩一样。他接着蓝岚的话头说："我也经过了我人生的三个阶段，我的三个阶段是这样的——以前特别想要做出成就来，独上层楼，望尽天涯路。后来在博弈的阶段，是成也萧何败也萧何，尽人事，终缘分，衣带渐宽终不悔。现在呢？东风夜放花千树，更吹落，星如雨。走哪儿算哪儿，写到哪儿算哪儿。"

左奕听了也很有谈兴，她半开玩笑地说："我可不可以这样来理解，用大白话来解释，就是我这个小编指向哪里，你就会写向哪里？"

又是爽朗的笑声。

向东看上去很健谈，左奕想，这个人的心宇真宽啊，夜晚在寂静的山林中逍遥自在，白天却在股海中驰骋奋战，真是大开大悟啊。这样的夜晚，实在是太珍贵了，人间能有几个这样的夜晚，左奕无端地感到一丝伤感。幸福到极致，大抵如此。

　　　　　　　　　　　　　　　　捕手游戏

因为第二天还要登金顶，大家都很节制地止步了。

金顶海拔三千二百四十米，算是有高度了。初次登鸡足山的蓝岚有些高原反应，直说头疼。于是三个人便回到住处。

左奕给了蓝岚一片安眠药，让她入睡。左奕睡不着，便到院子里走一走。她抬头看了看对面的小二楼，那间书房的灯还亮着，向东还没有睡觉，一定是还在修炼着什么。

在月光下，左奕拿起手机与向东对话。

左奕："看见你的灯亮着，还没有睡吧。"

向东："是的。你没有高原反应吗？"

左奕："只要不活动，反应不大。"

向东："书稿的事情你放心，我已经开始整理了，其实笔记做了十几年，整理一下还是有用处的。"

左奕："这样我就放心了。最好年底交稿，年初的订货会上可以上征订数。"

向东："是这样啊。这本书我不要稿费，能够出版就是善举。"

左奕："那老总该表扬我了。这样，如果征订数过万，就按实际印数付稿酬。如果没有，就算我们都做善事吧。"

向东："善举善举。我的本意即是如此。"

接下来，左奕和向东二人你来我往对股市中的投资心性、先贤们的人生智慧进行了一番交流。

这种对话太费脑汁，也有点闷。左奕起身在院子里走动了几下。她听见楼上的开门声,抬头一看,向东也出来了。

皎洁的月光下,向东的身形很好辨识,他靠在二楼的木栏上,朝左奕挥了挥手。左奕也回应了一下。不废大好月光,人世间的东西太费思量,那些纠结于理念的玄思,在这皎洁的月光下显得那么苍白,不如就这样对着月光发呆吧。

两人共同看着像蛾眉一样的下弦月,空气中弥漫着植物的清香,人世间,刚刚好。

第五章　金顶论道

清晨一起床，天公不作美，下起了蒙蒙细雨。

这给登山带来一定的困难。向东说："如果不赶时间，可以等雨停了再走，毕竟雨天路滑。"

蓝岚却执意要上山。她的高原反应睡了一觉已经减弱了，反而是左奕有点不太舒服，昨天晚上几乎没有睡，此刻头晕气短。

他们沿着指示牌上的徐霞客小道，慢慢地向山上移动。因为有小雨，行程特别慢，正好可以听向东给她们讲鸡足山与徐霞客的渊源。他常年在这里修身养性，知道的相关历史自然很多。

徐霞客与鸡足山的关系十分微妙，有的时候，你会感觉冥冥之中像是有一只手在安排人的命运。徐霞客与鸡足山就好像被一只手巧妙地安排在了一起。

"人的一生，天注定。"向东这样来解释徐霞客与鸡足山。

从向东的介绍里，更能详细地了解徐霞客与鸡足山的久久渊源。

徐霞客一生致力于游历大河山川，晚年的时候把游西南丛山作为自己探险主攻的目标，鸡足山则作为探险的重要目的地之一。当时的鸡足山，是众多大德高僧汇聚的佛教道场。一六三六年，徐霞客从家乡江阴出发，开始了他的这次行程。其实，真正把徐霞客与鸡足山联系起来的还是那个叫静闻的和尚。

人类终其一生，最必然的联系一定是偶然的。静闻和尚与徐霞客的故事偶然的概率极大，但却必然给徐霞客的后半生带来既丰盛又艰险的经历。徐霞客与静闻的那个著名故事，左奕每听一次，对徐霞客的敬意便会增加一分。

从向东这里，大家又温习了一遍这个故事。

西去探险的路上，徐霞客遇到了从南京来的静闻和尚。静闻原为江苏迎福寺莲舟法师的法嗣，他禅诵达二十年，刺血写成《法华经》，发愿将此经供于鸡足山。两人志同道合结伴而行。当他们行至湖南时，遇土匪打劫，静闻和尚受了重伤。历经诸多劫数，这临走一幕，也许就是上苍给徐霞客的一个礼物。静面和尚临死时，嘱托徐霞客将自己的骨灰和蘸血抄写的《法华经》送到鸡足山安放。

徐霞客首次到达鸡足山,初住大觉寺,次日移住悉檀寺。他供奉好静闻法师用血写的《法华经》后,又在悉檀寺僧众的帮助下,选址安葬了静闻的骨灰,并建塔其上,请晋宁黄郊撰写铭文:"孰驱之来,迁此皮囊。孰负之去,历此大荒。志在名山,此骨不死。既葬既塔,乃终厥志。藏之名山,传之其人。霞客静闻,山水为馨"。至今,鸡足山仍留有静闻法师的一座塔、一块碑,还有徐霞客写下的《哭静闻禅侣》诗六首,其中一首写道:

晓共云关暮共龛,

梵音灯影对偏安。

禅销白骨空余梦,

瘦比黄花不耐寒。

西望有山生死共,

东瞻无侣去来难。

故乡只道登高少,

魂断天涯只独看。

安葬好故友,徐霞客方才放怀畅游,在鸡足山过了春节,流连一月之久。

这大概是徐霞客与鸡足山最初的渊源。

经过三年的跋山涉水,其中的艰险可想而知。三年啊,没有飞机、汽车的情况下，只是靠马匹、驴子还有已经受伤的脚徒步来到鸡足山。

当他登临鸡足山最高峰天柱峰顶时，顿时被眼前的景致所折服，于是写诗赞道：

> 芙蓉万仞削中天，博刮乾坤面面悬。势压东溟日半夜，天连北极雪千年。晴光西洱摇金镜，瑞色南云列彩筵。奇观尽收今古胜，帝庭呼吸独为偏。

一六三九年八月，徐霞客再次登临鸡足山，这一次是应丽江世袭土知府木增之邀，徐霞客再次登上鸡足山修《鸡山志》，此时，徐霞客因劳累过度而生病，但他不顾病体，坚持修完《鸡山志》后，方返回自己的家乡。

这段故事左奕看过不少遍，每次都被打动。从向东的口里再一次说出来，听上去仍旧让人激动，古人的一往情深是今人无法理解的，所以才有李白的"桃花潭水深千尺，不及汪伦送我情"。

在路边休息的时候，左奕望着鸡足山远处的山景，不由得感慨道："徐霞客是天下第一智者。他临终前所说的那句话何等智慧，他说：'汉代的张骞、唐代的玄奘、元代的耶律楚材，他们都曾游历天下，然而，他们都是接受了皇帝的命令，受命前往四方。我只是个平民，没有受命，只是穿着布衣，拿着拐杖,穿着草鞋,凭借自己,游历天下,故虽死,无憾。'"

蓝岚也表示同意,她说:"徐霞客的成功,是用自己的方式过完一生。"

"说得好!"向东为蓝岚的点评鼓掌。

在左奕看来,蓝岚与向东倒更像知己,这两个人的三观似乎南辕北辙,但谈起话来确极为契合。真是矛盾。

不知不觉间,小雨已经停了。

雨过天晴,此时的鸡足山,美到极致。正如徐霞客在鸡足山所看到的,四大美景个个皆美。天柱峰为鸡足山的最高峰,海拔三千多米,登上天柱峰放目纵览,植物生长茂盛、鲜花常开不谢、红叶满山、松柏挺拔。登临其山,东可观赏壮丽的日出,西则远望苍山洱海之盛,南可俯瞰云朵的变幻,北能窥见玉龙雪山的雄姿,四面的景观尽收眼底,美不胜收。

雨后的太阳喷薄而出,刹那间霞光万道,给万物镀上了金边,光彩照人,景象十分壮观。最美的莫过于鸡足山上的瀑布,鸡足山有大小瀑布十多处,水体在下跌的过程中,溅起无数水花,四处抛洒,腾起阵阵雨雾,将周围的花草树木洗得纤尘不染,楚楚动人。

马上就到金顶寺了。

金顶寺位于鸡足山主峰天柱峰的顶端,视野极为开阔,寺内的楞严塔建筑雄伟,外形俊朗,在茫茫山林间成为一座显著的地标。金顶寺还是观赏日出的最佳地点,在云雾缭绕之中，太阳喷薄而出，阳光给云彩、寺庙镀上金边，蔚为壮观。

听向东介绍，最好的景观是在雨雪初霁的时候，阳光照射着云海，立于天柱峰顶，可见自己的身影被一轮七色光晕笼罩，如果碰巧，还可看见七色佛光笼罩着天柱峰、金顶寺。

向东见过金顶上的日出。他形容道："在金顶寺天将亮时，天地是混沌一片的，过几分钟，红日在地平线上突然跳颤而出，慢慢地，在彩霞的簇拥下强力挣脱出无形的困障，一跃而出。徐霞客有诗写道：'天门遥与海门通，夜半车轮透影红。不信下方独梦寐，反疑忘打五更钟。'"

蓝岚笑着说："听这些文人的形容，最好就不要上去了。没听说看景不如听景吗？"

离金顶还有最后的几百米了，蓝岚和左奕实在走不动了。旁边有抬轿子的师傅劝说她们坐一下轿子。

乘轿子很贵，但这不是问题。向东说了，只要她们想乘，他负责费用，他每次来鸡足山都要登金顶，这些轿夫他都认识。两人正犹豫着，突然一个声音在身边响起来。

"你们在这里啊？"定睛一看，原来是在飞机上与蓝岚相谈甚欢的外国大叔，他也背着包登金顶来了。

蓝岚一下子像打了兴奋剂一样，热情陡然高涨起来，跟洋大叔热烈地交谈起来。

原来洋大叔也是专门来鸡足山拜佛的。现在知道了，洋大叔来自塞尔维亚，是一个中国通，在贝尔格莱德大学当哲

　　　　　　　　　　　　　捕手游戏

学教授。他非常喜欢中国文化,中文又好,每年放假一定会到中国的一个佛教圣地走一下。

遇到洋大叔,蓝岚突然就像是有了充分的氧气,她与洋大叔又开始了相谈甚欢的模式,并对左奕说:"我们先行一步,你再跟东哥歇息一下。"

这种不仗义的事在蓝岚身上还是头一回。她的过往可以给她作证。

蓝岚的夫君大熊实际上就是她英勇抢救下来的,在他的女友见利忘义的时候。

当年读大学的时候,作为高才生的蓝岚一直是寝室里的独行侠,文科状元这个桂冠让许多男生望而却步。其实蓝岚自己并没有在意这顶桂冠。

有一天,与附近院校的男生们联谊,本来是蓝岚同宿舍一位女生男朋友的大熊,被自己的女友冷落在一边。原来,他的女友此时已相中了清华的一位男生。大熊本不是大学生,只不过做计算机生意与大学学生会有联系,并认识了蓝岚的舍友。

那个晚上,蓝岚一直和大熊聊天,聊天中她觉得大熊的人生太丰富多彩了。在女友向大家宣布与清华男生正式成为情侣的时刻,蓝岚干脆低调地与大熊私定终身,在外面欢快地同居了。两人对外一直保密,直到有一天舍友聚会,互相问起来,才知道蓝岚实际上是她们女生宿舍第一个结婚的人。

说起这段往事,蓝岚的心理支撑是,别人丢的石头,在我眼里是块宝石。学历怎么了,一家有一个有学历的就行了。这话也就蓝岚有这个底气,她老爸老妈都是普通人,谁也没有学历,却培养出一个文科状元,何况人家大熊计算机公司的工程师们都是清华的高才生,学历有的是。

　　蓝岚没有跟任何人打招呼,甚至只是通知了一下家人,就与大熊结婚了。结婚后,大熊把他在中关村打拼挣得的全部财产都登记在了蓝岚的名下。蓝岚十分意外,并为此偷着乐了好一段时间。

　　左奕笑着恭喜蓝岚,说:"毛姆有句名言,'人生有两大幸事,思想自由和行动自由'。获得了这两大自由,你就偷着乐吧。"

　　这话也不知道是不是毛姆说的,但这话确实有道理。财富自由不一定能思想自由,但行动自由应该可以做到的。

　　左奕说,她知道毛姆还有句话,就是"只有一件事是我可以肯定的,那就是,没有什么事情是肯定的"。

　　蓝岚目前就处于不能肯定的状态中。现在,蓝岚随洋大叔而去了,只有向东陪着左奕略微休息了一下,走"之"字形慢慢登山。也好,间隙中还可以与向东聊一聊书稿。

　　沿着石梯往金顶爬。一路上,经过了竹海和瀑布。可能是山中气候多变,抑或是云南雨水太多,竹海成片郁郁葱葱。到观瀑亭时,只见几十米开外的悬崖上一道白色的瀑布就像一条悬挂在山涧的白练。陡峭的悬崖崖壁上,流水潺潺,仿佛欢快地召唤着行人,这里真是个世外桃源,值得登临。

金顶,我来了。左奕在心底呼唤着,终于登上了山顶。

向东带着左奕来到了徐霞客曾经赞叹的观赏美景的最佳地点。

金顶寺看上去不高,却非常庄重。白色方形的寺里,据说抽签很灵验。向东问左奕,想不想抽一签。

左奕看着他一笑:"我若是知道了我的后半生,那活着还有什么劲?"

"对,"向东很赞许地回答,"人活着就要有一个希望,能引领向前的希望。阳明先生临终时就说:'此心光明,亦复何言。'心向光明,没有恐惧。"

向东表示赞赏左奕。他陪着许多朋友登金顶,不去抽签的只有左奕一人。左奕说:"不对,应该还有一人吧。"两人对视一笑,答案自在其中。某种程度上,两人的契合度还是满高的。

金顶山上的香客很多,但左奕和向东还是寻见了蓝岚与洋大叔的身影。感觉他们已经聊得很投机,背后看上去就像是一对情侣。蓝岚再见到左奕时只打了声招呼,说是山下见,摆明了不需要任何人给他们当"电灯泡"了。

向东则带领左奕把金顶周边的景观都看了一遍,特别是楞严塔,这是金顶的标志。

向东与左奕站立在楞严塔下仰望塔顶,云彩在天空中移动,楞严塔屹立在蓝天大地之间,让人产生炫目的感慨,并惊叹中国古建筑竟有如此的魅力。

向东说:"难怪徐霞客当年游览鸡足山数日不返,流连其间,并留下了'度除夕于万峰深处,此一宵胜人间千百宵'的记载。鸡足山确实是祖国佛教山林中非常有魅力的一座神山。"

左奕在向东的诗意介绍中幡然醒悟:"怪不得你叫金顶仙人,看来也是同徐大侠一样得到了鸡足山的仙气了。"

向东连忙双手合十,连连说道:"不敢不敢,佛教的真谛是要永远领悟的。常悟常新。"

以往的鸡足山之行,都没有了解得这么详细。这次不但完成了任务,还对鸡足山深入地了解了,左奕感到心满意足。

下山的时候,她问向东为什么已看透人生,却又投身于股市,这似乎相互矛盾。当然,正是这种相互矛盾,才能看出向东投资理论的价值,才有必要出版成图书给读者看。

向东说:"有位大师曾说过,为什么过去禅宗里的人都不讲禅,因为你不懂,讲了你会毁谤。人就是这样,越是不懂的人,越是敢发言、敢毁谤;越是懂了的人、内行的人,反倒不说话。但是,在金融市场上,不懂的人讲得太多,懂得的人反而不讲,岂不是劣币驱逐良币。我不是说我懂,但我知道如何去懂,如果有人能心领神会,就算积德了。毕竟,我在资本市场

　　　　　　　　　　　　　捕手游戏

赚了这么多钱，自当对社会有所回馈。

向东感慨道："当今的社会，太过浮躁，喧哗之声一浪高过一浪，真正得道的人却很少说话。用心灵体会万物，彼此眼神一看就了解了，如果还不了解，就不讲话，因为心灵沟通不了，语言更没办法沟通！可是现在的人恰恰相反，心灵沟通不了，就不断地用语言沟通。语言沟通还不够，再用行为艺术。"

左奕心想，这个向东，东哥，可真是个肚子里有货的人。找他出书这个策划看来是对了。他是用尽全力在过平凡而有内容的一生。作为编辑，遇到这样的作者，真是福音。编辑只有接触这样优秀的作者多了，眼界开阔了，才能知道大与小，真与伪的区别。实话说，若不是男女有别，左奕与向东会成为十分亲密的朋友。他们俩的认知体系太吻合了，只不过向东是理性的，左奕是感性的，但都属于表面平静，却心里有数的人。

这是左奕在中学当老师的时候，同事给她的评价。

那是一位一直单身的女老师，看破红尘，满腹经纶。有一天在偌大的办公室里，她当着十几个老师的面说："左奕，别看你整天不说话，肚子里一二三多着呢。"这话听不出来是表扬还是批评，但凭着平时她们彼此友善的关系，不会是坏话。当时左奕只是尴尬地"嘿嘿"笑了两声。

到顶了，自然要回落。左奕往回走的时候突然这样想着，起名金顶仙人，是不是已经到头了的意思？她心里有一丝丝的不安。

回到捕馆,正碰上蓝岚在房间里收拾行李,其实也没有什么可以收拾的,她最复杂的一套行头就是洗手间里的化妆品。只见她脸上看不出一丝脂粉,那是通过不知道多少脂粉才抹出来的自然妆容。

蓝岚对此很有见解,有次当着左奕的面涂脂抹粉,看见她一脸的嘲笑,便给她启蒙,"女人眼周有色素沉着,这可是好事,这种天然阴影,千万不要试图遮盖,人家求都求不到的眼妆晕染效果,分分钟放大双眼。大熊猫好看吧,黑眼圈是它美的灵魂。"美妆的最高境界不是化得多美,而是美得自然,让外人看不出。蓝岚接着说:"有钱到了某种境界就已经看不出有钱了,见到的,只有没有约束的气定神闲。"

"怎么着,还真重色轻友啊?"左奕实在忍不住讥讽地问。蓝岚这位多年友人,今朝十分反常。

蓝岚笑笑:"对不起姐姐,对不起左爷。你反正已经有人陪了,我也需要一点精神给养,我发现了一大块营养起司,您随意,我先下山了。"

"下山去哪里啊?"

"那老外想去香格里拉,我自愿当导游啊。"

左奕虽有些生气,但也无奈,人生来去自由,她自己尚且不知去处,又怎能管得了蓝岚,蓝岚最大的追求就是自由,人各有志,罢了,罢了。

晚上,左奕到向东的办公室翻看他的一些书籍。向东一直在走廊上接一个神秘电话。他不大的书房里竟然有三台大电脑，都是当天股市的 K 线图。有一张电脑的 K 线图正在不断地变换，左奕仔细一看，知道是美国股市的 K 线图，此时美国股市刚刚开市，势头很好，一片红柱，顽强地向北进取。

桌面上摆着向东的一些笔记，左奕随手翻看着，大都是一些他的交易记录。每天都记，有的只有几行字，没有交易记录；有的则是长篇大论，不仅有股市交易，还有一些读书笔记。

有几段引起了左奕的注意，向东这样写道：

我喜欢一切美好的事物！我们来到人间不易，要多多体会各种美好的事物。人生苦短，必须及时享乐。

人是应该享用金钱的。换句话说，应该知道如何一边赚钱，一边保持身心健康。只有保证了身心健康，才能完成创造财富的过程。创造了财富，却身心俱疲，无缘享用，那是世界上最可悲的事情。

很多人觉得交易痛苦，涨了觉得涨得少，跌了觉得跌得多，究其原因，只有一个：我执。想一想，每天你说的各种话语当中，什么字最多？没错，就是"我"字！我要如何、我觉得如何、我感觉如何……放下自我，万般自在。做交易时，不要站在自己的立场上去考虑涨或者跌，要把自己想象成一个旁观者，用安静的心去体会市场最小阻力的方向。开仓、加仓、止损、止赢的原则只有一个：看你的持仓方向是否和市场最小阻力方向一致。如果一致，就拿着，如果反了，就止损。记住，交易是自己的事，和别人无关！

　　所有求股票代码的、所有想老鼠仓的，都是想不劳而获，请看一看这只烤乳猪，不会独立思考，只想着去吃别人给的饲料，最终的结果只能是养肥了成为别人的盘中餐！做投资，最重要的就是独立思考！谁也靠不住，只能靠自己！

　　要收敛自己的锋芒，对待他人要低调。记住阳明大师的话"人生大病，只是一'傲'字"。所以，要"抱朴守拙，藏形不露"。做人切记不能锋芒毕露，咄咄逼人。有锋芒的人并不是内心强大，能够随时敛起自己的光芒，保持低调，才是真功夫。真正强大的人，会待人低调、谦虚谨慎，懂得韬光养晦的"心计"，淡淡地想，淡淡地做，淡淡地观望一切。投资如同做人，绚烂之极归于平淡，切记，不能咄咄逼人，要点到为止。你看看那些咄咄逼人的人，下场太多不会太好。

　　这些关于股票交易市场和商业市场博弈的文字展现出向东澎湃的内心，和左奕印象中内心平静的向东有所不同。但左奕理解，人都是多面的，天使和恶魔尚可以共同存在于一个人身上，这没什么奇怪的。

　　左奕继续翻阅着，有的地方还记录了一些关于鸡足山的故事。很奇特，他是一个能把最有铜臭味的股市交易和最有禅意的佛理结合到一起的人，看这一段：

每当来到这座神圣的佛教圣地鸡足山，我都能感知到自己的归宿是哪里。但奇怪的是，当我能够按照自己的意愿来安排物质生活的时候，又能真真切切地感受到自己努力工作的意义。白天去参见各位大师，觉悟他们的禅宗，晚上却看见账户上的数字在飞快变动。我们必须及时做出有利的交易才能享受生活。菩提本无树，明镜亦非台，本来无一物，何处惹尘埃。人生如梦，我希望多做一些这样的美梦，不要轻易叫醒我。

看到这里时，向东进来了，神色沉重。看得出，一定发生了什么事情，左奕也不好多问，这位东哥不像是愿意分享心事的人，别看他一路说了这么多，那都是对任何人都可以说的话。左奕想，换作是对蓝岚，估计向东也会说这么多。

左奕觉得已经没有了交谈的气氛，很知趣地表示，今天登山也很累了，先回去休息，明天有时间再聊出版的事情。

向东很痛快地答应了。他虽然有点歉意，但明显心不在焉。他替左奕拉开门，抱歉地说："真不巧，要处理一件北京的急事。人在江湖，身不由己。"说完他还耸了耸肩，这动作让左奕失望并心生不快。

左奕回到房间，那个重色轻友的蓝岚下山去了，两个人住的屋子顿显空空荡荡。

人是很奇怪的动物。没有绝对合拍的朋友,也没有绝对合拍的夫妻。左奕经常听蓝岚说,一个人不结婚,余生都是假期,一旦与人成婚,余生都是修炼,没有假期的修炼。朋友也一样,没有朋友的孤独者,如同向东,余生都是自在;有了朋友的余生呢,就得忍受对方的奇奇怪怪。

山上的夜晚寒意很重。

左奕丝毫没有睡意。她把屋里的灯关闭,和衣躺在床上,刚好可以看见挂在窗外的上弦月。

月明星稀,有夏虫蝉鸣,周围安静得好不真实。

这个世界真奇妙,白天热气腾腾,太阳的炽热都不如人的欲望强烈。夜深人静之时,人的心底又一片空白。左奕突然想起唐代诗人贾岛那句有名的诗句:"鸟宿池边树,僧敲月下门"。诗人曾在"敲"和"推"两字间反复推敲,最后得出"敲"比"推"好的结论,理由是一动一静,相辅相成。

但此时此刻,现实中的佛教圣地,没有"敲"的声音,推才更接近真实情景。真实的向东究竟是一个什么样的人?他真的如同他的文字所表达的那样,是有所悟道吗?现实中的向东,实在令人费思量。

他是一个有使命的人。一定是的。不然,他不会这样执着地经营着他的帝国,对,他意念上的帝国。

向东房间的灯还亮着,一个有执念的人还在苦苦追求着。一样的生命,不一样的生存,孰好孰孬,不一定。

88 　　　　　　　　　　　　　　　　　　捕手游戏

第六章　尘世烟火

左奕在一片鸟叫的喧嚣中醒来。

阳光透过窗前的银杏树斑斑点点地洒落在左奕的窗前，一时间左奕不知身在何处。听着耳边不时传来的各种鸟叫声，左奕回过神来，这是鸡足山的捕馆，她是来见仙人的，同行的蓝岚跟着新结交的洋大叔"私奔"去了。

左奕也不想多待了。昨晚向东的欲言又止说明他已经来不及解释，别看他貌似心闲，实际上并没有出世，还在欲海中沉浮。想到这里左奕反倒有些轻松，人有了欲望就好办，一切皆有可能，就怕没有欲望，失去动力。人类社会的不断向前推进，欲望是一股不小的动力。

左奕来到餐厅吃早餐时，一位服务员递给左奕一张纸片。纸片很讲究，看得出是专门的私人定制信笺，上面的字体很遒美,瘦金体,逸趣蔼然,一看就有童子功:"左奕吾师,今有急事返京,未及告别。甚歉。所定之事,可慢慢商定,不必多虑,事缓则圆。"最后,还留下了他的联系电话和微信号。

一切圆满。

原也不是来拿书稿的。经过这么一天一夜的初见与交流,左奕已经胸有成竹。事缓则圆,重点是"圆"字,作者都说可以圆了,左奕就更没有什么顾虑了。只是事情顺利得让左奕不太敢相信,这大概就是天作之合吧。

下山。

仿佛知道左奕要下山一样,捕馆门口停着一辆越野车,低调却显霸气。不知道的会以为这是一辆普通的SUV,知道的就明白,全国能用上这个型号SUV的都不是吃干饭的,全是实力派。

左奕知道这个车型是因为蓝岚的先生大熊有一辆。大熊何许人也,做完大事业以后就在藏区做慈善,顺便登各种山,但都不是最高峰。他受了蓝岚的影响,冒险精神打了折扣,只登那些风险不大的山,在危险的边缘看一看而已。

上车一问,原来是东哥安排的。东哥又恢复了她心目中仙人的形象,不著一字,尽得风流。

回到了大理的捕舍,见蓝岚的行李已经悉数拿走,看来她们的同行之旅也就到此为止了。没有想到,几天之间,天地之远。

她立即给蓝岚发了微信："蓝岚吾伴(东哥语式),想必你与新友已经乐不思蜀。好在我们各自欢喜,自此别过。"

蓝岚立即回信："回北京向老猫倾诉心中欢喜。"

左奕忍不住笑,什么时候她变成老猫了,不过长了她一岁零一天,从来两个人的生日都并在一起过。这有了新欢立马把自己当成别人家的公主,自家姐姐也变成了老猫。老猫就老猫吧,倒是要看看蓝岚心中的欢喜有多甚。

说话间左奕就订了机票。没有蓝岚的奢侈,她订的经济舱,十天的假期还未过半,提前完成了任务,损失了一半兵力,也是划算的。左奕这样安慰自己。

左奕并没有马上回北京而是买票回了青岛。

左奕骨子里不是一个循规蹈矩的人,只不过没有值得她要去浪费精力反叛的事情。她母亲就说她是一个侦察兵的好后代。一个奇怪的表扬。

听到母亲的这个评价她就觉得好笑。老母亲至今都生活在她曾经叱咤风云的回忆中。

解放战争时期,母亲是胶东地区年龄最小的侦察员,十二岁就去县城挎篮卖烟,以此做掩护传递地下党的消息。后来母亲被大舅带到了青岛,一直在棉纺厂做童工。退休的时候(应该是离休的时候)母亲已经是当地轻工局的老干部了。中华人民共和国成立后,因为母亲参加工作早,定的级别很高,但是并没有什么具体的职务,而她的觉悟始终很高,愣是把分给她的一套小洋楼还给了公家，自己去住工人宿舍，后来才分到了靠近大海的熊猫楼的两间房。

左奕的父亲去世早，母亲一直说是自己连累了父亲。

父亲小母亲三岁，是一个沉默寡言的人。当年母亲在莱阳递送情报的时候，父亲还是小商铺店员的儿子，母亲经常带着还是小孩的父亲，在街上卖烟，有时还带着他递送情报给地下党。母亲和父亲是当时胶东有名的姐弟情报小组。

父亲后来跟着母亲一起正式参加了革命，打完莱阳就进了城，后来一直在武装部门工作。"文革"结束后，被批斗多年的父亲一时太激动，突发脑溢血去世。他走得很突然，钓鱼甩竿的时候头一仰就永远停留在了他的欢乐中。父亲最喜欢钓鱼了，母亲说这是他修来的福气。

父亲走的时候左奕才十岁。左奕与母亲的关系十分亲密，甚至像闺密一般，事实上，左奕跟母亲的年龄差距很大，母亲是在近四十岁时才要的她。

左奕回青岛除了看望母亲还有一件事。

裙子要做一笔投资，希望左奕回来跟她商量一下。

把左奕拉入股市的裙子，早已辞职在家专职炒股。她把上学时绝不跑第二的劲头拿到 K 线图的研究上，着实下了一番功夫。她当年是学校体育竞赛中的常年冠军，也是数学竞赛的前三名。可以说，战绩相当不错。都说上帝关闭一扇门，会给你敞开一扇窗。裙子高考虽然失利了，但她的数学专长

　　　　　　　　　　　捕手游戏

和竞赛精神一直是她看家的本领，她先是在一家企业当会计，后来又成为公司的财务总监。炒股成了大户后，她干脆以此为生了。这不，因为手上有点钱，她就想着要办实业，要投资一个挖掘机租赁公司。

左奕回去并不是要参与她的投资，而是想劝说她还是干自己熟悉的事情，不熟不做嘛。虽然左奕并不懂投资，但她懂得什么叫适时收手。当一个大好处在你眼前晃荡时，后面一定跟着一个代价，也就是茨威格所说的，所有命运馈赠的礼物，早已在暗中标好了价格。

事实证明左奕的判断是对的。

可惜左奕并没有说服裙子。

裙子已经中邪了，她集资了几百万元，千里迢迢去购置挖掘机。当然，她这样做是有原因的，因为挖掘机还没有买回来，下家的租金已经到位了，这让她信心爆棚，更何况，她投资的钱很大一部分是别人的，这就更显得这笔生意划算了。但是，天下没有免费的午餐，如果裙子早知道这个道理就好了。

母亲的房子不用左奕操心了。

市政府给母亲分了一座小院，这个好理解，据说全市参加过淮海战役的人仅剩下不到两位数了，都会受到政府很好的照料。这座小院没有产权，住到母亲去世为止，母亲原来住的房子可以自己处理。母亲喊左奕回来也是为了这个，她的意见是卖掉房子。左奕虽然也觉得这样更简单明了，但还是没有马上答应。

人的心思大致相同，要有自己的房子，心里才有安全感，虽然左奕在北京自己也买了一个顶层小户型，但家乡的这处居所她还是想留着。她打算把母亲的房子出租，所得租金可以给老人请一个保姆。

裙子去采购挖掘机了。左奕的预感十分不好，这种隔行的投资，怎么看都十分冒险。

把母亲的居家东西都采购好，左奕又给母亲找了一个"三无"保姆，即没有父母（已去世）、没有老公（没有结婚）、没有子女（没有生育）。对于保姆来说，这样的人生过于简单，但对雇主来说，这是很好的条件。

左奕又陪着母亲看了一遍电视剧《潜伏》。母亲有秘密，但就是不说，左奕能觉出来，她几次询问母亲："你在等什么？"母亲立马厉声回答："谁说我在等什么？"那态度简直就是把左奕当成了特务，凶神恶煞的。每当看到母亲看红色影视剧时的专注劲头，左奕心中都升起钦佩，人还是要有信念的，就如母亲，看看她的精神世界是多么的强大。

帮母亲把新家安置好，给保姆交代好看护母亲的注意事项，左奕准备打道回京了。

这次回京，应该好戏不少。

首先要打上门去看看蓝岚，她到底要把那个洋大叔怎么

捕手游戏

着;其次是向老总汇报一下此行鸡足山的收获,相信向东会早日完成书稿的;还有一桩,她要去大师兄那里一趟,询问《王阳明文集》的编纂进行到什么程度了,这才是她的主业,是她的立身之本。

大师兄此时除了带研究生、编纂《王阳明文集》,还在为一项重量级的个人评奖而耗费精力,为了拿到这个名号,大师兄可算是拼尽全力了,紧赶着让左奕推荐了国家一流出版社,为他出版了个人学术论文集,还要组织一流学者参加他的学术研讨会。左奕还为他邀请了各大新闻媒体的记者。看着大师兄目标精准地走在争取功名的道路上,往昔仙风道骨的风韵不知都哪里去了。她现在必须要去见他,催促他尽快完成这本书的编纂。

最后,也是最重要的,向东也在北京。

第七章　告别宴

回到北京,左奕先去出版公司打卡。

老总去开会了,小编们都在忙自己的业务。

左奕写完了选题报告,上传到总编室的选题申报系统,顿觉轻松。

该去看看蓝岚了,这个一贯不按常理出牌的家伙,这一刻不知道在预谋什么大事情。

蓝岚在谋划大事的时候从来都不事声张。她离开机关时就是这样,说不来就不来了,什么手续都不办,就是不来了。害得人事部门天天找她,催她回来办手续。不像左奕,想要读书,找了好几茬领导促膝谈心,才得到组织的批准;想要调离,站在领导的门口一直等到领导下班才占用一点时间请愿陈述。其实这种行事风格也是她有组织原则的母亲告诫她

捕手游戏

的。

蓝岚在家。左奕说要去找她,蓝岚说正想找她商量大事,左奕笑笑:"你说商量,就基本定下来了。又有什么地震级的事情发生了吧?"

蓝岚电话那边"哈哈哈哈"放肆地笑起来,能想象得出她笑得小舌头都能看见了,一点不像她平时伪装成的淑女样。电话那边的语气一下深沉下来:"正好为我送行。我将远行。"

左奕拿着手机,心下一沉,不好,这个家伙要作大业了。这个大事一定与那个洋大叔有关。

左奕赶忙叫了辆出租车,直奔蓝岚家。

蓝岚家住 CBD 国贸圈,中央电视台总部大楼对面的高档公寓。晚上,蓝岚可以坐在窗台上,边品尝她最喜欢的威士忌边望着三环路。

三环路上首尾不见的车水马龙,常让她有一种生如蚂蚁的渺小感,人如果有渺小感就不会有焦虑。难怪她会经常偷着乐,人把自己看得渺小而又能活得滋润,可不是要偷着乐吗?不知道这家伙又在家偷着乐什么。

她真是一个矛盾体。

蓝岚的家不像一个家,像一个超大的会客厅。她把所有的房间能打通的都打通。看到她家第一眼都会惊艳——这么大的客厅,这么大的书桌。这一点左奕倒是跟她学了不少。蓝岚的书桌就是多功能桌,桌面的四个边就是四个功能区,只不过与左奕不同的是这桌子上没有电脑，有一个大地球仪、一排调味品、一个可以供团队用的意大利咖啡机。一看就是一个爱享受生活的人。

客厅里最引人注目的是一排意大利磨砂皮沙发，沙发的造型很简单，就是低矮、宽大，可以在上面打滚，因为没有起伏。她这是要随时卧着的节奏啊。

卧室就只有一张巨大的床，不，只是一个巨大的床垫而已。这个好解释，她家的大熊，登山运动员身材，个子两米高，没有特制的床，还真容不下他那巨大的身躯。

不过，看见蓝岚在床垫上摆满了各种毛绒靠垫，想必大熊没有光临此榻良久了。

蓝岚正在收拾行李。

她不说，左奕也不问。左奕知道，她若不想说，也问不出来。

她们相识相知的过程也十分奇特，当初她们在机关里并不是一个司局的，最后却成了闺密，开始两个人在食堂见面只是一笑，谁也不问彼此是哪个司局的，直到部里开联席会议，才知道各自所在的司局。两人相识不久又彼此告别了，左奕属于正常调动，蓝岚属于擅自消失。有一天，蓝岚突然出现在左奕的办公室，这才正式宣告了闺密关系的建立。

左奕自己打开冰箱，巨大的冰箱佐证着蓝岚的懒，她最高的纪录是十天没有下楼，全靠这个冰箱的存货供给。当然，对于一天就吃一顿饭的蓝岚来说,也足够了。她的冰箱有点像酒柜,里面常年满是各种灌装啤酒,蓝岚的志向是喝遍天下啤酒。但此时冰箱里罕见地出现几瓶龙舌酒,这让左奕心中的疑团有解了。

"这里还可以存别人家的酒啊？"左奕拿出龙舌酒观察着。

"存到我这里就是我家的酒了。"蓝岚赶紧收回来,显然她很看重这瓶龙舌酒。

蓝岚并不回避这个问句后面的含义。她起身去拿了两个高脚杯,对左奕说:"拿一瓶威士忌吧,庆祝我开始新的人生。"

左奕笑了:"真是士别三日,当刮目相看。说一说,你的那个洋大叔怎么就带你过新的人生了。"她挑了一瓶十八年日本山崎单一麦芽威士忌,没喝过,但听过蓝岚的科普,日本威士忌贵过苏格兰威士忌。

两个人把薄纱窗帘拉上,让三环路上的繁华远退,来品一品蓝岚新的人生。

Long long ago.(很久很久以前。)

话要从蓝岚与大熊的婚姻说起。

说说起,其实就是告知。左奕早知道蓝岚与大熊的关系没那么简单。一个世俗意义上的成功人士,长期在外,还在高原之上,他就不食人间烟火吗？一个姿色尚存,对生活有无穷新意的大律师,怎么会就甘心躲在家里偷着乐。说不过去。怎么也说不过去。

果然,太阳底下没有新鲜事情。婚姻的花活再多,也逃不过那几个模式——同居、结婚、分居、离婚。蓝岚走完了全过程。

不过,令左奕佩服的是,蓝岚把一切处理得天衣无缝。

身价十几亿的大熊早已与蓝岚解除婚约。他们另外签的一份合同是,双方如果尚没有再婚的意愿,便都不对外公开婚姻状况,对外仍旧是夫妻,但各自自由。一旦有了结婚对象,一切按照解除婚约合同上的财务分配执行。

对啊,这个才是关键。

听到这里,对他们的婚姻状况一点也不吃惊的左奕才有了兴奋点。自由的背书一定是财务,没有财务的自由他们也不会玩成这样。她倒是想看看这两个人精是怎样割裂他们之间的钻石线的。

很简单,谁名下的归谁。

貌似蓝岚占点便宜,因为北京的几处房产都在蓝岚的名下,但现金、基金、债券、股票等都在大熊手上,那个是不确定的资产,今天和明天不能比,今天是一座金山,明天说不定就变成了沙堆,今天是沙堆,明天说不定就是一座金矿。难得两个人在财务上有共识,这个共识就是,永远均分。目前的状况就是谁名下的谁有动用权,也就是说,还是和婚前一样,个人

捕手游戏

继续拥有个人名下的财富。需要两个人签名的,比如卖房之类,就两个人一起签名,钱财仍旧一人一半,直至两人中间有一个人率先另组团队。

当然,蓝岚解释说,他们并不是没有感情,只是觉得这样方便两个人的感情生活不受限制,毕竟常年不在一起。

这解释让左奕大拍巴掌,连连说道:"厉害厉害。那么,你是准备另组团队了,而且还是跨国的?"

"非要组团吗?搞搞联谊不行吗?"蓝岚懒洋洋地说。

洋大叔名叫尼古拉·伊维奇什么的,后面的后缀蓝岚也搞不懂,直接称他为老尼。老尼在塞尔维亚的贝尔格莱德教书,教东方哲学,他酷爱中国文化,几乎每年都到中国的佛教圣地参观访问,理想是能够在哪个需要教书的佛教圣地教书度过余生。

遇到蓝岚,蓝岚被他那双纯洁的蓝眼睛迷住了。真是应了那句脍炙人口的歌词:"只是在人群中多看了你一眼,再也没有忘掉你容颜"。

也许是"闲置"太久了,愿意独乐的蓝岚想要找个伴侣一起乐乐了。

看着蓝岚不停地往旅行箱里放衣物,连睡衣都放了好几套,左奕嘲讽她说:"看你这架势就是去度一个长假喽?"

"也可以这么说吧。"

"大熊知道吧?"

"熊哥当然知道啊。他让我随时保持联系,需要的话他随时驾到。还驾到呢,真把自己当棵葱了。"

左奕忍不住羡慕嫉妒却不恨地说:"这个大熊真是你前世修来的福气啊,财产任你用,朋友任你挑,他是你爹啊。"

左奕一说完,两个人忍不住哈哈大笑起来。笑着笑着,蓝岚难得地挤出了几滴眼泪,又念叨起大熊来:"其实,熊哥我倒是不担心。他翻越了那么多山,就翻越了那么多的业障。"蓝岚坐在地上,双手抱膝自言自语道:"我俩就是太像了,太熟了,太透明了。两个人之间没有了神秘感,就觉得是左手和右手了。好在懂得,我也希望熊哥能有一个比我勤快的女孩守在他身边,他这么野,继承了他军队老爷子的基因,不见山不安生。我又这么懒,这辈子不见人都可以。现在这样不是皆大欢喜吗?"

"你还不见人,这都跟人跑了,真是老实人不作业,作就举大名耳。"

蓝岚站起身来,搂着左奕,趴在左奕肩头,幽幽地说:"我其实就是有点腻了,想换个活法,重新燃烧一次。"

左奕只得推开蓝岚,郑重地看着蓝岚,说:"但愿你浴火重生。好自为之吧。"

蓝岚第二天直飞贝尔格莱德,老尼已经回到塞尔维亚了。蓝岚说,老尼告诉她在塞尔维亚几千欧元就可以买一栋小别墅。她要去考察一下,说不定会把塞尔维亚的古老别墅

　　　　　　　　　　　　　　捕手游戏

都买下来。

"把你的别墅和熊哥的别墅买在一起。"蓝岚大方地说。反正说说也不要钱。

左奕说:"别做梦了。你都还没有去,怎么就会做这个大头梦?没听人家说嘛,你永远赚不到超出你认知范围的钱,除非你靠运气。这个世界最大的公平在于,当一个人的财富大于自己认知的时候,这个社会有一百种方法收割你,直到你的认知和财富相匹配为止。"

蓝岚拍起手来,说:"这话说得太好了。你应该说给你的那个股神听一听。你不觉得他有点膨胀吗?"

"他怎么就膨胀了?人家做得很成功啊,现在正在建立基金,要造福大众。"

"此话差矣。"蓝岚不屑地说,"我就觉得他水平有限。有限的水平还要这样拽,就会如你所说,拽出毛线来了。"

左奕只有苦笑。

对别人没有具体了解是不能妄议的。她常常见到人们激情澎湃地谈论另一个其实并不了解的人。这其实很可笑。

二人拉拉杂杂间又把话题扯到了大熊身上。

大熊一年四季有三季看不到蓝岚他也没觉得怎样,但是那一年他攀登珠穆朗玛峰时,遇到了雪崩,那真叫天崩地裂,一行人被雪掩埋了一半。大熊被一具早已冻僵了的尸体挡住,才没有被雪流挟裹而去。

回到营地的第二天,大熊只给蓝岚发了两个字:"活着。"从此大熊不再冒险了。虽然这之前他还嘲笑蓝岚贪生怕死,这一次与死亡擦肩而过后,大熊说,他才知道,他还是很怕死的。死了,什么都没有了,连见蓝岚一面的机会都没有了。

活着回来的大熊,一回北京就跟蓝岚切割了一切法律上的联系。他说,只有这样他才能永久地拥有蓝岚。

他说在冰天雪地里的时候,他的脑子从来没有那么清晰过。那个时刻,他唯一庆幸的是蓝岚不在身边。爱一个人,最大的希望就是让她自由地活着。也是从此以后,大熊决定不再攀登险峰,他等于已经死过一次了,从雪崩下再生的生命,他要和蓝岚以新的方式分享。

左奕听了也仅是说了一句:"反正是常人难以理解的。不过够酷。"

左奕并没有领会这里面的逻辑。神人都是如此,非要把普通的道理拧巴几遍,弄得很费解,再解释给你听。神人的逻辑。

言归正传,蓝猫说她计划先去塞尔维亚住半年,半年后看看情况。这个世界变化太快了,常常是计划的不如变化的快,就不做太超前的计划了。

"也许,我半个月就回来了。"她朝左奕挤挤眼。

左奕说了句,"I think so(我同意)"。

蓝岚说:"走吧,我们去吃顿大餐,算是给我送行吧。"

捕手游戏

上一次是蓝岚请的，那这一次一定是左奕请了。

左奕心说，这一餐怎么说也得千八百块，有点心疼，但是，闺密远行，就这样吧。

两人中午来到一家高档餐厅，比较清静，符合两人想要的氛围。左奕只点了一盆凯撒沙拉就犹豫不决起来，蓝岚瞥了左奕一眼，点了两只龙虾，说："别害怕，今天还是我埋单哈。毕竟，我是去发财的。"

她这么一说，左奕又好气又好笑，明明前路莫测，却被她说成商机无限。她是缺钱的人吗？分明是去寻浪漫的。

也罢，在一个天下熙熙皆为利来的社会，能有人放下物质的当下去追求精神的浪漫，也是一件可贵的事。

不过，从此，左奕就真的孤单了。平时虽然与蓝岚的互动并不多，但她就在那里，就在她的窝里偷着乐。听到蓝岚慵懒的声音，她就心生温暖。现在，连蓝岚都要动窝了，左奕多少感到了些孤独。

第八章　起风了

你见过大海爆发之前的涌动吗？没有多少浪花，但感觉浪花都在水底下翻滚，使得水面一起一伏的，一看就能知道下一刻的风浪不会太小。

股市的界面就好像是风暴之前的海面。

左奕被套的那只股票好像有大资金进入，每天在收市以后的沪港通中买入。说明大资金一是不想让散户看见有资金进入，二是资金有可能是北上资金。这只股票从最初的十元跌到了两元，快成仙股了。但左奕一直没有动，她相信新能源是未来社会发展的趋势，何况里面套了不少公募和私募基金，尤其是那一部分八元钱增发的私募基金。她做过功课，知道这是一个背景很复杂的基金，里面的成分三六九等，个个儿都不简单，怎么会让这只很有潜力的股票成为仙股呢。

　　　　　　　　　　　　　　　　捕手游戏

她曾经与裙子探讨过。裙子的市场理念是：为了吃牛肉，不必养头牛。你不必分析，在 A 股市场，什么东西都禁不起分析，因为分析的结果永远名不符实，对不上号，你瞎用什么功。裙子是跟着一个私募做，人家说买东她绝不买西。虽然资本积累了不少，以至于想去做实业了，但她对股市的理解却很简单，看准了，买上就放着。所以，裙子才有精力去做她的挖掘机生意。这真不是一个好生意，左奕想到此，又一次否定了裙子的决定。

来看看向东。

向东的起伏比较大，以往坐而论道的节奏似乎加快了，给人感觉，在他的帝国深处，一定酝酿着大动作。

左奕在北京并没有见到他，只知道他目前在与一家投资基金打交道。投资基金要向东出道，给他成立私募基金，向东还没有最后决定。左奕只能从他的微博上了解他的动态。

这几天，他在微博上解读南怀瑾的书。左奕感到有些费解，不知道向东究竟要说些什么，肯定是生活中有一些感悟吧。

对于 A 股市场，向东似乎也有了预感。他对左奕说，要缓一段时间再交稿，因为这几天要在北京成立一个私募基金，有些事情要去处理一下。到时再与左奕见面。

平常的日子按部就班地流淌着。

社长和老总开会回来了。老总听了左奕出差的情况，非常高兴。他说,国家经济正处于敏感的转型期,对金融资本运作会有更完善的政策,这本书如果能够适时出版,也是能够配合市场,引起读者和社会关注的。

这个老总,搞出版不问效益,只关心是否能引起社会关注。

在左奕看来,你的动静再大,没有真货,没有营养人心的内涵,最终还是要去废品站。当然,没有废品,也就没有经典啊,事物总是相辅相成的。现在的出版界,自我意识太突出了,满市场活跃的是人,出版人、作家、嘉宾,只听见他们在说,却没有看到过多少图书内容的真实呈现。为此,左奕选书向来是反其道而行之,凡是宣传做的过多的书,基本不看,她只选择微博上有见解的人推荐的图书。市场的喧嚣声过大反而会影响读书人的基本判断。

不知为什么,自从认识了向东,读了向东的文字,加上去见了向东,左奕的人生基调灰暗了不少。不应该啊,有王阳明强大的心学素养,有徐霞客洒脱的人生向往,左奕的心境应该如大洋深处深邃而平静,怎么会有低沉的声响。

也罢,心情低沉的时候,左奕爱用一句话来鼓励自己,那是小时候不知道哪一部电影里说的:"人不能把明天的痛苦提前到今天晚上"。今天晚上,还没有痛苦的时候,哪怕明天将有灭顶之灾,也完全可以逍遥快乐。

她晚上又重新看了看向东的微博,他最近的微博发得很频繁,这倒不像他说的很忙,感觉他的情绪比较亢奋,说话比以前满了许多。

看向东的文字,确实是一种享受,他在鸡足山那样的林子里独坐,所想所思大致是有些分量的。

其实,我们有缘接触到期货市场,都是很有福报的人。因为期货的杠杆效应放大了我们的性格弱点,让我们比一般人早一些多一些修行,修补我们内心的贪嗔痴。

在捕舍闭关的这一个月里,感觉到从未体会过的暇松。每天早睡早起,静坐、诵经、吃斋、品茶、睡觉,这就是每天的生活。想起那天离开无为寺,净空大师品着茶,一言不发,临走对我说:"施主,我看您也是有缘人,最后老僧送你唐代布袋和尚的一首诗,手把青秧插满田,低头便见水中天。心地清净方为道,退步原来是向前。"

我明白布袋和尚的意思,古人说"以退为进",在功名富贵之前退让一步,是何等的安然自在!在人我是非之前忍耐三分,是何等的悠然自得! 但是,俗人、一般人,我就是这个一般人,总以为人生向前走,才是进步风光的,而这里的含义却是退步的人更是向前。人生不能只是往前直冲,有的时候,若能退一步思量,所谓"回头是岸",往往能有海阔天空的乐观场面。真难做到。

又一篇,是关于王阳明"知行合一"的。他这样解释:

多数人认为"知行"要分作两件去做,以为必先"知"了,然后能"行"。事实上,学习即行动,践行价值投资当然要学习,但投资不是心性之学,是践履之学,不能只停留在形式上,纸上谈兵式的学习。

投资也需要知行合一,不论是知识的储备还是实际的行动都要做到所了解的和所做的行为是一致的。所以,投资能力来源于投资生活的点点滴滴,那些所谓买入不再看的投资者,绝大多数是没有能力稳稳拿住的。这就需要王阳明的动中驭静的能力!

股票最终还是一种领悟和感知,造化还是看每个人对自己改革、突破的速度,每天花一小时改变自己和每天花三小时改变自己的,三个月后成果就已经差很多了。在互联网时代,加速学习比的就是学习时间和领悟时间的乘数,你学习时间越长,领悟越快,就越能更快取得成就。修炼自己的内心和终极智慧,才是人生突破自己的唯一方法。

又有一天,他是这样写的:

在某种意义上,我们都是捕手。奋斗、拼搏、追求,通往的终点都是捕获。不为五鼎食,便为五鼎烹。最后,你也被捕获的结果所捕获,捕获了你的智慧、心血、情操和岁月。
捕获的同时,你也失去了自我,自我的心性、自我的静养、
自我的自由。

这段话让左奕思考良久。她似乎有点明白,为什么向东
把他的民宿称为捕舍、捕馆,原来都是准备捕获的意思。这不
就是一场捕获游戏吗?引申过来理解,似乎这话也成立。蓝岚
去塞尔维亚捕获去了,能够捕获什么,并不知道,至少是有所
期待。裙子去宁波捕获去了,希望捕获的是实业兴隆。就连看
上去没有欲望的自己,也在静静地等待,想捕获向东的书稿
和他的股场经验,捕获一份出版成果。

对了,最大的捕手,就是向东,即使他隐藏在深山,也是
一个狡猾的捕手。

想到这里,左奕自己也笑了。

文人是多么聪明啊,在美丽的字眼儿底下,都深埋着不
能言说的欲望。怪不得老绅士们都说:"含蓄有一种美,它至
少可以遮丑"。许多个说不出口的欲望,都掩埋在追求、向往、
执着这样的字眼儿底下,说到底,不过就是"捕获"二字,在世
的人,都是捕手啊。

每个人都是社会的捕手。

捕手向东又有高论了,今天他在微博上又发了一通感慨:

我们凡夫俗子都是社会的折射镜，被物欲所转化，由生理的欲望转变成心理的欲望，驱动意念去追捕。也就是说凡夫都是被物所转，而不能转物；但有定力的人不是这样，如王阳明，是以心转物，知行合一，心与物相互配合。普通人言行不一，智者知行合一。在资本市场，能够把这一点吃透弄明白，你就胜了一半。所谓事半功倍。

　　是的，左奕也看过这样的一段论述，大意是这样的，对于一名职业投资者的大局观来讲，最重要的为三点：前瞻、臣服和耐心。

　　对于投资而言，第一点就是前瞻性。不用太远，能够看到两三年后的投资机会就够了。第二点是臣服。也就是臣服于市场，一切都由市场走势说了算。自己再看好的股票，一旦市场告诉你错了，就要毫不犹豫地止损卖出。做投资的人，特别是做了多年投资的职业投资人，最容易犯的错误就是在瞬间会误以为自己就是市场的国王，自己就是市场的主宰者。这种错误的大局观往往是致命的！上善若水，学会臣服，学会柔软，学会顺势而为，你才能在牛熊更替的资本市场里立于不败之地。第三点是耐心。投资的秘诀在于时间加复利。

　　关于复利，向东说，所有资本市场的成功者，无一不是借助了复利的效应。

　　不能不佩服，先不说向东对王阳明心学的理解是否准确,但他就是有本事把所学所悟联系到资本市场上,这本身就是一种捕获啊,捕获所有理论上的支撑,支撑他的操作系统。

突然,微博私信上跳出来信的提示。左奕定睛一看,是向东的。他在微博上私信左奕,说周末会来北京,希望能有一天的时间,讨论书稿出版方案。

左奕连忙查了一下时间表,她本来应酬就不多,蓝岚走了,她的应酬就更少了,每天回到那个顶层小屋,除了看书就是看稿。向东来京,她多少有一点兴奋,至少,周末的大脑可以兴奋那么一下了。朗朗乾坤,到处都是物欲横流,能激起思想波动的事情太少了。

她顺便也浏览了一下蓝岚的微博。

她倒是有微博,微博的名字叫蓝猫。她现在把自己的生活真实地展现在网络上。太神奇了,蓝岚到了塞尔维亚后,她仿佛脱胎换骨,变成了一个把快乐与人分享的传播者。

以前她就没有朋友圈,理由是她宁肯让一个不认识她的人了解她的生活,也不愿意把自己真实的生活展示给熟人看。不知道这是什么逻辑。

不是有这种说法嘛,微信好比是在自己家开了一扇窗,认识的人会通过窗口窥视你的日常生活。微博好比是在广场上参加集市,来来往往谁都不认识,就是图个来来往往的热闹,偶尔有欣赏你的朝你微笑一下即可。

蓝岚的微博上来就是图文并茂。有几天没有过来看，再一看，好家伙，她的粉丝已经上万了。异国风情自然很吸引人，塞尔维亚虽然算不上十分著名，但从蓝岚发的图片来看，风景真不错，尤其是她每天在多瑙河边就餐的图片。没想到欧洲还有这样的美食。

　　这些美食中最吸引人的是塞尔维亚的一种叫作Rakija的水果白兰地，塞尔维亚是这种酒最大的生产国。左奕并不了解这种酒，但看见蓝岚晒的各种各样、五颜六色的Rakija酒，也是好奇心满满。

　　据蓝岚的介绍，这种酒可以说是塞尔维亚的国酒，最常见的是用李子酿造的Rakija，蓝岚说她现在还不确定到底哪一种适合她的口味。她喜欢的口味太多了，比如梨、杏、桃子、树莓，还有一种本地人喜欢的、用蜂蜜酿造的Rakija。

　　金秋十月正是酿造这种美酒的好时节。在蓝岚的图片中，这些酒赛过她微博里所有的其他美食佳酒。

　　其实，蓝岚的微博最吸引人的还不是这些市场上各种水果酿造的Rakija，而是行文中透露出的浪漫。她称老尼为尼靠，尼靠的长相颇有点像《瓦尔特保卫萨拉热窝》中的瓦尔特，她把尼靠配美酒的图片发到微博上，引起一拨网民的追捧。

　　看得出，蓝岚非常享受她在塞尔维亚的生活，她简朴的短裤、体恤的打扮，在晴空下的多瑙河畔，一个都市里的三毛复活了。

　　　　　　　　　　　　　　　　　　　　　　　　捕手游戏

确实如此，在蓝岚的视角下，塞尔维亚什么都好——物价便宜，风景优美，一切都没有被现代化打乱，在贝尔格莱德的郊区买一栋别墅才几万欧元（已经比之前老尼说的几千欧涨了不少）。她不当推销员真是可惜了。蓝岚的计划是，在贝尔格莱德的郊区买一栋别墅，再买一片葡萄园，改种各种水果，酿造果酒，把塞尔维亚的果酒推销到中国来。

梦想终于照进了现实啊。

左奕给蓝岚评论："你这是开始第二春吗？"蓝岚回答说："应该是第二生啦。"

想想也是，蓝岚在北京的第一生应该算春风得意，难得她一直低调，才没有把她顺遂的第一生毁掉。有多少人本来是不错的人生却毁在自己的高调上。学会低调，应该是一种修养，也是一种智慧。

周末的晚上，左奕还留在编辑部忙编务的事情，突然听见电话声响起。平时左奕都是用静音的，因为向东的关系，她改变了自己的习惯。毕竟向东是她目前最关注的人，向东的书稿也是她最近最看重的事。

果然不出所料，是从来不打电话的向东打来了电话。

他已经到北京了。

明天在华宇大厦的会议厅有一个小规模的会议，分析未来资本市场的发展趋势。他希望左奕去听一下，也有事情与她商量。

第九章　预期

现在,左奕与向东的关系可以说很微妙。

从时间上讲,他们从在微博上联系开始到现在,相识不足半年。从关系上讲,他们之间无非就是作者和编辑之间的关系。要说友情,谈不上,虽然在鸡足山上谈话还算融洽,某种程度上可称为知音,但没有交情,只能是新增加的朋友而已。

左奕相信向东也是这样认为的,她觉得他们之间还是有默契存在的,这种默契超越了友情,当然更不是爱情,像他们这么理性而又看清现实的人不太容易产生男女之情,虽然相互欣赏。欣赏的是智慧,默契的是理解。彼此通达。

这不容易。

左奕人到中年,千差万错,错过了择偶良机,却从来没有

　　　　　　　　　　　　　　　　　捕手游戏

志短过,也没有焦虑过。人生在世,几十个春秋而已,可以关注和探讨的,下无底线,上无止境。王阳明心学几百年出一个,到现在还值得无穷尽地探索。徐霞客短短一生走过的路,几百年来没有后人超越,人生小况,有什么可以惦念在怀的。惦念的应当是带你到人间的父母,其余,伴侣而已。有伴人生也要走,无伴更要走,走得清爽,走得轻松。左奕很珍惜她对向东的感觉,这个感觉不一样,不是与大师兄坐饮黄酒,感受温暖的感觉;不是与蓝岚游走山川,沐浴阳光的潇洒之感。且走且珍惜吧,不知道会走多久。

想到此,左奕赶紧摇了摇头,怎么会有这么荒唐的想法,也许是太看重与向东的关系吧。

第二天,左奕早早起床,方便面卧鸡蛋,这是左奕出门前最暖胃的早餐。平时尽量少吃,知道里面的添加剂太多,但关键时刻,需要精力集中的时候,毫不含糊,必须方便面加鸡蛋。永不厌倦。

华鼎大厦一带,与北京 CBD 一脉相承,高楼林立,鳞次栉比,跨国公司的招牌炫耀地横在大楼里的幕墙上。向东的股市商情会在华鼎高楼群中的一个比较低调的楼盘里,这是大厦的配楼,但里面也有各式会馆、高档餐厅等。

会议室在五层,是配楼的最高层。落地窗与窗外的露台连接,形成了一个开放性的空间。一些茶歇类的点心软饮等就摆放在这个平台上。会议室内不似平常会议的摆设,倒像是一个沙龙,有四人对坐的沙发,也有两人对坐的沙发,靠近露台的地方有个讲台,主持人讲话,任何一个方向都能看到。

向东今天的装扮非常隆重,一身西装显出他的身材还是很不错的,当今金融人标配的紫色领带、黑框眼镜,只是他的光头显得有点特立独行。

左奕被安排在讲台的左侧,她的位置也绝好,可以巡视多个角度,一览无余。

向东一开口就吸引了听众。

"未来的资本发展要向巴菲特学习。"

巴菲特自然是到场的所有业界人士心中的灯塔,与这个爱喝可乐的老头儿吃一顿饭的机会,会让所有的投资人竞价疯抢。他的粉丝遍布全球,每年都会有几万名巴菲特的粉丝在美国小镇奥巴哈集会。

所谓的价值投资者,其实就是秉持着稳健投资理念的投资者,但他们最终的目的与其他千千万万投资者是一样的,就是赚钱。只不过价值投资好听一点,不那么赤裸裸罢了。也可以这样说,所谓的价值投资,就是把怎样赚钱包装成怎样使赚钱的名声好听一点。再也没有比所谓的价值投资更矫情的了,因为只要是投资,都是有价值的,区别是个人对价值的理解不同。所有人对那个横扫资本市场的白酒都认为有价值,左奕就不这样认为。她觉得,当一个国家的资本市场为一瓶白酒欢欣鼓舞的时候,那冷落的一定是真正有价值的生产

　　　　　　　　　　　　　　　　捕手游戏

力。你看,价值的理解就是这样千差万别,至少左奕这样理解。

向东的话语永远带着那么一点禅意,他以提问的方式展开他的讲演:

"什么叫价值投资?大家都知道价值投资的大师是巴菲特。但巴菲特价值投资的内核是什么?难道就是'价值'这简单的两个字吗?如果是这样,就好办了。但巴菲特的价值投资一点都不简单,比如说,竞争优势,都说好公司才有好股票,但在市场中真的是这样吗?想必大家早有体会。还有现金为王,只强调手握现金就没有投资了。还有那句经典的'在别人恐惧时贪婪,在别人贪婪时恐惧'。这就更费思量了。什么时候该贪婪,什么时候要恐惧,没有理解透彻,投错了的话,是会把棺材板都输掉的。另外就是长期持有,我们长期持有了一只套牢的股票,大概下一辈子也不会解套。如此来理解巴菲特的价值投资,可以发现,其实里面有很多陷阱,必须搞清内在的价值逻辑,才能真正理解巴公的价值投资。这些,在座的各位恐怕比我还明白。但从我们目前的市场来看,首先要定位的是什么是价值?价值标准因视角不同对应的价值观就不同,反过来讲也成立,就是有什么样的价值观,就有什么样的价值标准。你觉得名酒有价值,在我眼里不一定,它的确有价值,但短时间能翻几倍吗?我的价值标准就是时间,能够在短时间里跑赢大盘的就是有价值的。"

听众席里只有零零落落的掌声,显然大家并不认同向东的观点。左奕却感到她又一次站在了向东这边。

向东接下来又说:"巴菲特是不能复制的。生搬硬套学巴菲特,是没有活路的。任何事物的产生和发展都有它的土壤和条件,没有创新的复制,结果只能是灭亡。所以,在我们这里,巴菲特的投资理念也要跟随市场与时俱进,比如:在对巴菲特投资理念形成影响最大的三个人中,格雷厄姆主张用低价去买入具有安全边际的小公司,而费雪则让巴菲特转向了更加注重公司管理层的选股方法。当然,对巴菲特影响最大的其实还是他现在的合作伙伴芒格。他告诫巴菲特与其用低价去买入一家差的公司,不如用合理的价格去买入一家出色的公司。巴菲特的投资理念也是吸取了三位同仁的经验才有了更进一步的、质的飞跃。巴菲特也是创新的,他把他们的投资理念融会贯通,形成了自己的投资风格,才有了今天的成功。所以,不能固守一个概念化的东西,要有自己的领悟和觉醒。巴菲特做的是价值投资,你要做的是合适的投资。光有价值不行,还得看是否合适你。"

席间一片安静,可以看出,这番话引发了听众的思考,人们还在消化其中的含义。左奕觉得向东的这些讲话并不代表他的水平,却符合他的风格,他不是一个语不惊人死不休的夸夸其谈者,他所讲的需要慢慢领悟才能体会出其中的真谛。

捕手游戏

向东继续发言："巴菲特为什么能在血雨腥风的资本市场活了半个世纪？半个世纪的美国和国际资本市场发生过多少金融海啸，他都能安然度过并且取得骄人成绩，靠的不是快速积累，不是广种薄收，靠的其实就是一个字——戒。"

左奕觉得现在应该是向东自己的语言了。

"投资要懂得戒，戒懂、戒贪、戒痴。

"戒懂，只做自己看得懂的投资机会。不懂不装懂。巴菲特不懂互联网，错过了大牛市，但也让他躲过了互联网泡沫的大崩盘。

"戒贪，这个最适用于国内的投资。我们的市场变化太快，明确的盈利，就明确锁定，达到目标便知行合一。不做妄想。

"戒痴，庄周重之，庄周轻之。你看重的标的，它就是一个标的，它既不是你的恋人，也不是你的爹娘。战术上重中之重，战略上轻之又轻。像巴菲特一样，简单加上坚持，果断加上淡定，对于我们这些职业投资者来说，就是我们的价值理念。我们缺少的不是投资的能力，而是放弃的勇气。学会放下，学会以戒为师，我们才能成为投资马拉松的最后大赢家。"

有人举手提问，向东倾听。举手者问："向总，按照您刚才的提法，既要速度，短时间，又要坚持马拉松，这不是矛盾吗？"

向东笑笑说："什么东西都是相对的。时间短，见好就收，是战术。坚持投资理念，马拉松心态，是投资策略。只要你若干个短线战场能够打赢，就是长距离了，一场马拉松下来，岂不就是若干个短跑吗？"

这一次，席间响起了真诚的掌声。向东的投资理念相似于他人，又有别于他人，是他个人思考加实战的结果。

接下来，向东讲了麦克尔·罗奇格西的故事。

麦克尔·罗奇格西，是美国一名受戒的佛教僧人。他高中毕业后，以全优成绩进入美国普林斯顿大学，获得普林斯顿大学威尔森国际事务学院颁发的麦肯奈尔学术奖。毕业后，他去往印度，潜心研究佛典，成为历史上第一位获得佛学博士学位的美国人。

后来他创立了安鼎国际钻石公司。一九九八年，在他离开时，安鼎已经是一家年营业额超过两亿美元的全球性大公司。之后，他把他商界的体验写成《当和尚遇到钻石》一书，在市场上受到很大的欢迎。这本书被不断翻印，并先后被译成二十五种语言。

向东继续说："按照罗奇格西的理念，做生意就要成功，就要赚钱。我们做金融投资，道理是一样的。传统的社会似乎有一种观念，一个追求精神生活的人，一个道德高尚的人，就不应该与钱打交道，不应该赚钱，不应该富有。因为钱是助长欲望的。但是如果我们的欲望是向善的，是对社会有益的呢？

赚钱其实也是一种修行。这也符合道家大隐隐于市的理念。

要修行就要成就事业,反过来也成立。修行是一辈子的事情,事业则是人生的支撑。其实,无论是过去还是现在,钱本身没有错,许多社会公益,慈善的事业,最初能做起来也是因为有金钱方面的基础。但我们的钱来路要明白,赚钱的方式要光明,用钱的心态要平淡,用积极健康的心态面对财富,才可以安身立命。赚钱和修行这两件事情并不冲突,事实上,赚钱也可以成为修行的一部分。不论是做投资赚钱,还是修行古老的智慧,都是为了充盈生命,达到内在与外在的和谐统一。"

佐奕从来没有想过,可以这样赤裸裸地宣称,赚钱是如此的光荣和伟大。

在热烈的掌声中,向东结束了讲演。

他最后邀请大家尝试一下云南带来的咖啡,借此提前了解一下将要投资的项目。

左奕这才知道,这场演讲还有另外的目的,或者说,另外的目的才是这次向东来北京的主要目的。

果然,中午自助餐的时候,向东叫住了正在寻找座位的左奕,他向左奕详细介绍了他正在筹划的一个项目:众筹黑金咖啡俱乐部。

这个咖啡俱乐部的名字很好听,其主要的盈利并不依靠卖咖啡,而是来自在此举办的各种培训演讲等,比如向东今天的讲演。

向东告诉左奕，未来一年A股市场可能要来一个大牛市，这样的机会不多，一定要抓紧。他说有一家投资公司请他牵头成立了一支私募基金，就是要在这次牛市操作一把。他本人倒是对成立黑金咖啡俱乐部比较感兴趣，只要不赔，能够培养投资人的投资理念，就是他的福报。

左奕有些不解，问向东，不是已经财务自由了吗？为什么还要这样忙碌，这不太符合向东修身养性的理念。向东回答，如果有机会能赚到更多的钱，可以实现他的理想，不是更好吗？

"你的理想是什么？"

"我想办一所封闭式的学校，可以让高智商的学生专心学习，而不是遵循着现行的应试教育体系。"

左奕听了忍不住哈哈大笑起来，这个理想听上去太有意思了。左奕平时很少这样放肆地大笑，除了与蓝岚私下互相调侃的时候。这个笑声感染了向东，他先是愣了一下，看到左奕笑得这样敞亮，也忍不住笑起来，把周围的人搞得莫名其妙。

向东笑完，便向左奕提议，是不是可以考虑一下参股黑金咖啡俱乐部。

左奕有些意外，但她不想让向东难堪，便说："我可以考虑一下。"想了想，接着又说："我可没有时间参与这些经营的事情,我不太熟悉这个行业。不过,以后我倒是可以把我的作者带到那里,谈谈书稿。对了,你的新书发布会可以在那里举办。"

听到这话,向东很高兴,神采奕奕地对左奕说:"那我把黑金咖啡俱乐部的事情办妥后,就把书稿整理出来。其实,基本已经成型了,我再顺一遍就可以了。"

至此,左奕还没有了解到向东个人的真实情况,比方说,是否已婚。她到网上搜了一下,只是过去的一些消息,因为他总是以金顶仙人的笔名发微博,真正了解他的人不多,但也有个别跟帖上写道:"欢迎东哥重出江湖""东哥带好队伍",等等,似是与他相熟的人。

这个神秘的向东,晚上突然向她发出了邀请,说白天太乱了,邀请左奕第二天早晨到酒店吃早餐,具体谈一下书稿。

这个邀请有点意外,但足够安全,虽然说明向东与她的关系更近了,但显然是谈公事,只有谈公事才能约早餐。不然呢?

左奕愉快地答应了,酒店的早餐历来是很吸引人的。

第二天早晨,左奕特意换了一套户外休闲装,她觉得这样更自然一些。

左奕的户外装备很多,而且大都是知名品牌,穿在一个人到中年的女性身上,倒是平添了一种飒气。都说北京大妞飒,北京中年大妞一样飒。

左奕看看镜子里的自己,米色登山裤加淡黄色的冲锋外衣,与户外的秋色很搭啊。一个人的生活,大多是活给自己看的,只要自己满意,就是最大的快乐。正所谓,按自己的方式生活,才是最大的成功。

左奕七点半准时来到向东住的酒店。

以前蓝岚的律所就在附近,蓝岚经常带左奕来此吃自助餐。蓝岚有贵宾卡,两个人的餐饮收一个人费用。左奕经常说,她只是使用了大熊陪吃的指标而已。这家酒店自助餐的金枪鱼刺身最好吃,据说都是头一天从东京空运过来的,一周也就摆一两次而已,能否吃到完全靠"偶遇"。左奕有时也专为吃金枪鱼自己过来,当然是在蓝岚辞职在家偷着乐的时候。不过这里的早餐左奕还没有吃过。

她刚到就发现向东已经准时候在门口,比较巧合也比较尴尬的是,向东竟然也穿了一身户外装。还好还好,他是一身黑色,他要是一身浅色,估计两个人见面又要哈哈大笑了。

早餐比想象的还要丰富。为了谈话方便,她先要了咖啡、烤面包、培根等方便说话的食物。向东就更简单了,水果、酸奶和面包。左奕想,他大概率是吃素的。鸡足山的居士,没有吃素的功底是住不长久的。

向东也没有多余的寒暄,两个人很自然地进入到书稿的讨论中。

左奕说:"其实很简单,你把你讲过的案例和对哲人的相

126

关思考,糅到一起就可以了。"向东也同意,他告诉左奕一个令她意外的内容,就是他把他的投资理念融会到了一个浪漫的爱情故事里。

左奕很吃惊,向东这样一个看上去清心寡欲的人,能写浪漫的爱情故事吗?

向东看出了左奕的疑问,就大致向左奕讲述了一遍故事梗概。

故事大意是:一个在日本期货市场上颇有名气的操盘手,因为一次期货交易的失手,赔光了身家。遂来到东京附近的浅草寺,偶遇一名隐居在浅草寺附近寺庙里的真正的期货大作手。于是,操盘手在大作手的亲自教诲下,悟到了期货和股市的真谛,同时邂逅了一段浪漫爱情。

其实,左奕明白,大作手就是向东自己,操盘手是年轻时的莫向前,只是那个浪漫女子乔乔是谁,这让左奕产生了好奇心,莫非向东的个人情感也隐含在这部作品里了?

向东问:"书名叫什么好?"

左奕脑海中突然一亮,脱口而出:"就叫《捕手》吧。"

向东听了哈哈大笑:"你可真会活学活用啊。倒也贴切,在捕舍里写出来的书稿嘛。而且,我们就是股海的捕手啊,来捕捉机会,捕捉良缘。"

"《黑金捕手》呢?"

"不好,虽然你的意思是对金融的一种普遍称呼,但容易让人误解,股市里的金融资本就是黑金。"

"那就叫《捕手》,越简单,越复杂。"

"对对,越简单,越复杂。你说得太准确了。我认识的一个教授也是这样说的。"

"是吗?这话是我大师兄的名言,他也是教授。"

这个话题是可以继续下去的,但是向东却无意继续,他停得很自然,起身去取食物。

左奕明白了,这就是向东,任何涉及个人情况的话题,他都是自动刹车,精准得很。这也就是左奕,能在细微的地方洞察人性。左奕在心里笑了笑,人性大抵如此。

早餐虽然豪华,二人吃得却很简单,借着吃早餐的工夫,书稿的体例和内容基本定了下来。向东说他应该很快就能交稿,主要也是为了配合黑金咖啡俱乐部的开业,希望真能如左奕所言,在新开张的黑金咖啡俱乐部里举办他的新书发布会。

不过,向东刚才倒无意提醒了左奕,这几天一定要去找大师兄了。

她先给大师兄发了条微信:"好久没有与大师兄联系了,也不知大师兄的《王阳明文集》定稿没有?"

第十章　大师兄

大师兄全名万道一。

父亲万安全是一名大山里的乡村教师,爷爷教过私塾,一辈子只有万安全一个儿子,起名安全,安全第一。老爷子相信一个道理,越简单,越安全。

万安全一辈子安全地待在大别山里,没有任何意外地在原地生存,老老实实教书培养小学生,没有诗,更没有远方。所有的诗与远方都凝聚在他唯一的儿子万道一身上。

万安全崇尚老子,有道是,道生一,一生二,二生三,三生万物。道是独一无二的,道本身包含阴阳二气,阴阳二气相交而形成一种适匀的状态,万物在这种状态中产生。他把诗和远方寄托在儿子身上,同时也希望儿子平安。一即可,二亦可,生万物,看造化。造化在万道一这一代生成,他成为他们万家的第一个博士,也是这个大山里的第一个博士。万安全坚守在大山里,终身不出山。万道一在导师的引导下走上了一生二,二生三,三生万物的学术之路,成为博导,成为学术领军人物,成为万家的骄傲。

师兄弟们开玩笑,说怎么没有叫万德一呢?刁德一的家乡离你们不远啊。大师兄振振有词,刁姓必须配德一,否则就塌陷了,因为刁姓缺水。但万姓太繁,太繁就归一,也就是太复杂实际就简单。反之,越简单,越复杂。真是有什么爹养什么儿子,他们爷俩儿隔着千重山,万重水,得出的结果却都是归一,你能不佩服这个基因的强大吗?

师兄的金句除了"越简单,越复杂"以外,还有一句是"梦中千条路,醒来还要卖豆腐"。

他的"卖豆腐"是指他经常要被导师派去讲课。讲课虽然金豆多多但费时间和精力,他手上的科研项目总也没有时间做,《王阳明文集》也没有时间整理,只有靠他的博士生先干着。

左奕好容易联系上大师兄,他叫苦连天,说:"你这师妹只顾自己清闲,师兄在研究院蹲会议禁闭呢。"

左奕嘲笑他:"万院长现在可是全国知名学者,简直风光无限,要请大客啊。"

"你不知道,这条康庄大道我是越走越窄啊,现在就剩下开会这一条道了。"

左奕不跟他闲聊，他也确实没有时间闲聊，两人当下约好时间见面。大师兄没有时间吃饭，只能是晚上开会间隙的时间，在他们开会的酒店咖啡厅里喝点咖啡。

　　第二天晚上，左奕如约来到大师兄开会的大楼。这是一座充满科技感的现代化建筑。左奕在一楼咖啡厅等候，不一会儿，大师兄万道一便向她款款走来。

　　万道一一表人才，气度不同凡响。人到中年有着与他学者身份非常登对的外在形象。生活经历给本来就不错的身形裹上了一层包浆，使他自然而然地散发出一种成熟的魅力。

　　其实，大师兄的才华一般，学术建树方面中规中矩，并没有惊人的学术天赋，但却取得了今日令人瞩目的成绩。

　　人生往往是这样的，有才华的人，不一定能实现他的抱负，太聪明的人注意力不容易集中，反而是才资平平的人很多能够凭借执着的坚守、傻傻的付出最终拿到结果。大师兄就是属于这种。他听导师的话，永远不忘记导师对他的恩德。

　　万道一是王阳明研究院执行院长，院长是他的导师，著名学者娄长青。院长出去开会，执行院长必须跟随。院长站台，执行院长做事。院长不能去的会议，执行院长必须去，执行院长是主角，必须站在前台。所有的会议几乎万道一都要参加，他自己常说，自己就是那个讽刺小说里的"华威先生"，从一个会议走向另一个会议。他常跟左奕自嘲说："你要找我，我不是在开会，就是在去开会的路上。"

大师兄说话总是这么精辟,他不当学术偶像真是可惜。

在咖啡厅里,左奕看见大师兄远远地大踏步走来,气宇轩昂,没有一丝的疲惫和沉郁。

是啊,人在忙碌中,就会觉得自己并没有虚度年华。有事忙总比没有事要强,但那些忙碌的年华大都是为别人而度过的,至少大师兄是这样认为的。

大师兄喜欢与左奕聊天,这样一个中性的、谈不上有姿色的师妹,不太容易让别人敏感。左奕给男生的印象就是周正,长得周正,做事也周正,不容易使人起不周正的念头。而且,大师兄说,在左奕面前不用装深沉什么的,因为左奕不看重这些。他知道左奕看重的是这个人是否有趣,而他自己在这方面还是可以的。

"晚上还有会啊?"左奕第一句就单刀直入。

"晚上在准备会。"大师兄也习惯与左奕迅速进入谈话主题。

"那我们的《王阳明文集》你打算什么时候完活啊?"

"莫催莫催,让我先喘一口气。"

左奕开门见山,她不想太耽搁大师兄的时间,她知道他的时间要分成好多份,分给导师,分给学生,分给学术研究,还要分给太太。

大师兄的太太是从家乡带来的,皮肤白皙、眉眼清秀。大师兄对太太百依百顺,在家的时候要买早点、送小孩,晚上没有会的时候还要做一点太太爱吃的徽菜。

万道一说,准备这个寒假哪里也不去,专门把学生们已经准备齐了的材料再细细统一下,争取明年交稿。

左奕知道大师兄是真忙,而文集的准备情况她也一直在与师兄的学生们联系着,跟进着,应该问题不大。只是基金办催得紧,她们已经提出一次延期了,不好再提了。

她其实不仅仅是为这件事而来。见了大师兄她才知道自己真正关心的是什么。

"你认识一个叫向东的人吗?"

"向东?就是那个躲在东京浅草寺不出来的抑郁症患者吗?"

"什么?向东是抑郁症患者?啥时的事情啊?"

这太让左奕意外了,没想到扒出一个大瓜。

"快点讲,快点讲。"

左奕表现出一种不正常的兴奋,这让万道一很意外。

他看了看手表,时间还来得及,于是,便讲了抑郁症患者向东的故事。

这个故事很有意思。

王阳明心学研究院一经成立就大受市场欢迎,这有点出乎研究院的意料。王阳明确实是显学,但显学得到全民喜爱,倒是导师们和导师的导师们没有想到的。所以,办培训班,到处讲课成为研究院的主要任务,当然也是研究院经费的主要来源。

学校的心理学也是受欢迎的学科之一，因为在这个欲望急速膨胀的社会里，生活节奏太快了，心理压力自然就大，所以，成年人得抑郁症的越来越多。

于是万道一所在的研究院与心理研究院一起合办了一个心学修身班，参加者中不乏各个渠道介绍来的焦虑症、抑郁症患者，在这里他们被统称为学员。

向东是第二期修身班的学员。这个班的学员大都是商界的企管人员，投资公司、证券交易所、信托公司的高层，等等。万道一亲自过来上了几堂课，无非就是讲讲王阳明的心学之类，以打开学员比较焦虑紧张的门扉。万道一心里也明白，这些来上课的老总们表面上是对中国的传统文化有兴趣，说起来也好听，学习王阳明的心学，多少体面。但实际上，他们都患有各种不同程度的心病，不是失眠，就是焦虑。西医看没有器质性病变，中医看就是湿气太重，肝气郁结。

这个叫向东的学员与老师的互动特别多，总爱提问一些无解的问题，诸如人类的终极目标是什么，人活着的意义是什么，等等。这些问题对小学生们讲比较容易，大道理放之四海都准，但对有心病的人，越讲越容易被绕糊涂。万道一在与向东的沟通中慢慢了解了向东的心病。

五年前，向东患了极严重的抑郁症。抑郁症虽然是病理上的疾病，但缘起一定是在心理上。向东的缘起之一是做期货压力大。期货就是游走在天堂与地狱间的买卖,做对了,直升机上去;做错了,万劫不复。他做砸了一单期货,又用高杠杆搬回来一单,做完这一单后,向东有了心病,竟然不敢下单了。作为一名期货操盘手,不下单,就等于炒自己的鱿鱼。

向东财务自由后,越做越胆小,每天焦虑,最多的时候失眠二十天。他在东京的浅草寺打坐也没能睡着,最后只得乘飞机回到北京,到医院输液才被催眠睡了一觉。雪上加霜的是,向东深爱的女朋友,在他去东京治疗失眠的时候,嫁给了另一个私募基金大佬。这给了向东致命的打击。

向东好长时间走不出来。于是,朋友介绍他参加了这个心学修身班,没想到他竟然非常痴迷,经常与万道一讨论王阳明的心学。他对王阳明心学领会的比一般学员都要深刻,悟性很高,连万道一都佩服他。

万道一在这一班学员结束后,还单独把向东留下来,让他跟着听了几堂研究生的课程。万道一认为,向东的领悟性极高,但这样的人往往比较脆弱,要好好保护,也要好好使用。他鼓励向东把学习心得记录下来,给自己看,也给其他有悟性的人看。

向东从此成了王阳明的崇拜者,他把已经出版的关于王阳明的图书几乎都买齐了,失眠也治好了,与万道一也成了朋友。他还指点万道一进行投资,给他介绍信托公司的朋友,两人已成为莫逆之交。

"越简单,越复杂"原来出自这里。

左奕听完了向东的故事连连感叹:"这个向东,这个向东。"

这个向东,并不是神仙。

但左奕心下感慨的是,这个世界上哪里有什么神仙,什么逍遥,都是在世间撞得头破血流的入世者。一花一世界,一人一宇宙。而已而已。

左奕知道了向东的底细,心下也平静了许多。好了,一个自学王阳明成才的人,书稿的事情,就顺其自然吧。

临分手时,大师兄还告诉她,向东让他把闲钱投入到自己新成立的基金里,要为他理财,还说,要有一个大机会。

看不透的向东,极清高,又极入世。

看来,要起风了。

捕手游戏

第十一章　绽放

天上掉了一块大馅饼,砸到了左奕身上。

出版部门要组团去参加塞尔维亚国际书展。以往这种情况左奕都是向后捎,这一次,指派给她,她丝毫没犹豫就答应了。

蓝岚在塞尔维亚。

蓝岚自然也是惊喜万分。她特别希望左奕能到塞尔维亚来看看,甚至曾对左奕说过"辞职过来吧,辞职过来都不冤",没想到还能有公派的机会。她说:"从你一落地,我就要黏着你。塞尔维亚虽然小,但风景绝佳,不比英法差,而且更自然、更质朴。"

"老尼呢?"

"真不巧,他又去印度了。"

"你怎么没跟着啊，你不怕你家老尼被印度美女劫走啊。"

"不怕，能劫走的都不是我的，属于我的自然就守着我。"

她指的是大熊。这就是她的不对了，人家大熊绝对是忠于蓝岚的，只不过两人的兴趣点，不能交叉而已。不过，看现在蓝岚这种探险的劲头，与大熊也算是神交了。

闹不懂他们。

如同划过云层的闪电，说话间左奕就跟随出访团来到了贝尔格莱德。

贝尔格莱德虽然是塞尔维亚的首都，但只能算是东欧地区的大城市。这座城市拥有多种风格的建筑，除了大量受奥匈帝国建筑风格影响很重的十九世纪的建筑，还有很多现代建筑。

在老贝尔格莱德，最漂亮的建筑无疑是新巴洛克建筑和新文艺复兴建筑。有一段时间，为了给"二战"后涌入城市的农民提供住房，贝尔格莱德建造了大量被称为野兽派的建筑。如今，现代风格成为贝尔格莱德新建建筑的主导。

白天的书展活动结束后，晚上左奕就有时间与蓝岚闲逛了。蓝岚先带左奕去了她住的小院。真的如她所说，塞尔维亚的房价确实便宜，一栋看上去很精致的俄式洋楼，几万欧元。老尼之前说的两千欧元就能买到别墅显然是夸张了，就是真的也是前几年的事情了。

蓝岚完全是当地人的装束，花色长裙、手工针织的线衣，脚下蹬着一双长长的靴子。欧洲人的装扮并不奢侈，基本上都是舒适性第一，就算是名牌服饰，穿出来也给人一种休闲的随意感。

蓝岚家里的家具都是从法国买来的，看上去非常别致。左奕嘲笑她："你在这里是标准的富婆啊。"

蓝岚撇一撇嘴："我在国内也属于富婆啊，不过本人不愿意露富罢了。"

左奕问蓝岚这几个月都在这里干什么了？她回答："建设新家园啊。"

左奕吃惊："你真的打算在这里扎寨啊？玩玩就算了，激情过后还是自己的家园最好。"

"肯定不会在一个地方扎寨。但我能看到两年的时间吧，我看到两年中我在这里过上了梦想的田园生活。"

"老尼怎么样？你们的语言交流没有问题吗？"

"谈恋爱这些语言够用的。目前还处在谈情说爱的阶段，远了就不想了。你看看这里多好，多瑙河、萨瓦河就在身边，晚上想去哪条河游玩就去哪条河游玩。这里的夜景不比巴黎的塞纳河差啊，而且吃的简直太棒了，还贼便宜。"

此话不假，短短的几天，除了书展的公务，她们抽空去了多瑙河和萨瓦河的许多景点，真的是天然形态的美丽，大都市里有乡村的自然风景，是贝尔格莱德区别于其他欧洲城市的地方。它的美是浑然一体的,是自然形成的,而且物价十分便宜,类似面包的面饼,让来自主食大国的中国出版代表团每次都吃得人家要补货。每次团里集体吃完饭,总有几个馋鬼忍不住要另外买几个当夜宵吃。

城市交界处的别墅便宜到万把欧元就可以买到。据说有户人家在自己的院子里打出了矿泉水,水质非常好,便就地开展起了矿泉水业务,可见这里的自然资源有多好。

同团的出版人都说想来这里投资。左奕看着众人的喧嚣,心想,真正的行动者常是不语者,如蓝岚。

蓝岚带左奕去看一个独特的博物馆,蓝岚说:"就凭这个博物馆也值得我在这里待上两年,没有想到这里诞生出这么伟大的人。"

谁呢?此人是特斯拉。

建于一九五二年的尼古拉·特斯拉博物馆保存着这位科学家的约十六万份原始文献和约五千七百件其他物品。博物馆其实并不大,难能可贵的是进入其中就像在特斯拉的家里一样,博物馆将这个天才发明家的早年生活详尽地介绍了出来。参观完博物馆才会知道,特斯拉的发明多到数不清。那些只有专业人士才能理解的发明,普通人是搞不明白的,但这并不影响人们去了解他的伟大。蓝岚所言不虚,仅凭这个博物馆,也值得在塞尔维亚停留。

据博物馆的介绍,特斯拉在十七岁以前,就惊奇地发现,

捕手游戏

自己能够充分利用想象力，完全不需要任何模型、图纸或者实验，就可以在脑海中把所有细节完美地描绘出来，他的脑袋里经常浮现出种种异常奇怪的现象。后来特斯拉的发明创造都依靠这种能力，这真可称之为神人。

除了在科学上卓有建树，他还是一名诗人、哲学家、音乐鉴赏家、养鸽专家、语言学家、吠陀专家。他精通八种语言——塞尔维亚语、英语、捷克语、德语、法语、匈牙利语、意大利语、拉丁语。还有他不懂的吗？看来，只要他想，他就一定能够学会。

特斯拉瘦高细长，拥有斯拉夫人特有的高颧骨和深凹的眼睛，还有典型的小唇胡子，他坦诚、低调、幽默、举止文雅、彬彬有礼。他一生都忘我地投入在科学研究事业之中。他每天只睡两个小时，独自取得七百多项发明专利，合作开发专利一千种以上。他被诺贝尔物理学奖提名十一次，全部让贤。作为交流电的发明人，他本可以靠专利费成为世界首富，但却毅然将"交流电专利"撕毁，免费向社会开放。尼古拉·特斯拉一生贫困潦倒，一九四三年，在贫穷孤独中去世。

特斯拉逝世后，美国的外国人财产保管处封存了他的研究资料，他的研究被宣布为最高机密。他是当时唯一可以和爱迪生相提并论的人，他的杰作让美国的科技至少领先各国两百年。据说，美国悄悄派了许多卡车去特斯拉家，将他生前的几十本笔记全部秘密封存，分别藏在几个不同的城市，以防被人窃取。

现在，塞尔维亚的纸币上仍然印有尼古拉·特斯拉的头像。

蓝岚说，通过特斯拉她才发现，许多对人类做出过巨大贡献、让人类大踏步前进的人，自己却索取得很少。人类就是靠这些伟人的奉献才走到了今天。这就叫格局，格局对人类的进步意义太重要了。

看得出，蓝岚在这里找到了灵魂的偶像。这很不容易，让一个学法律的人动情赞美一个人。搞法律的最生动的语言也不过是："正义可以迟到，但绝不会缺席。（美国大法官休尼特语）"

"不过，"蓝岚评判道，"这些人也算是捕手吧，只不过是为人类文明的进程捕捉科技发明，用于文明进步。"

说到捕手，左奕简单把向东的事情对蓝岚讲了。蓝岚一点也不惊奇，悠悠地说："一个人选择了与众不同的生活，一定有与众不同的经历和胸怀。与众不同不光需要勇气，还需要底气。"

左奕拍了一下蓝岚："什么时候变成哲学家了？看来恋爱也可以改变一个人啊，谁说女人恋爱就会变傻。"

蓝岚提醒左奕："千万不要参加那个什么众筹的黑金咖啡俱乐部，这种众筹的经济形态根本就没有合约精神。谁主持？谁管理？共赢共输？共赢就没有这回事，没听说过商场无

　　　　　　　　　　　　　　捕手游戏

兄弟吗？共输？更不可能了。凡是参加众筹的，就没有愿意输的。你想，花一点钱就想得到大的利润，这不是典型的不劳而获吗？千万别听别人忽悠，就冲这一点，向东的市场意识还是差点火候。"

左奕觉得蓝岚说得有道理，她也直觉地感到这个众筹的商业经营模式有漏洞。但她没有经过商，不知道究竟哪里不对。蓝岚这么一点，她便豁然开朗了。

蓝岚不经商，可惜了这份商业头脑。但她现在的大脑基本处于玄思阶段，有点停滞不前，虽然还没有陷入"恋爱中的女人，不是傻就是呆"的状态中，但看上去也没有她在国内时那么精明了。

左奕在塞尔维亚的最后一天，老尼回来了。晚上团里自由活动，蓝岚和老尼一起接左奕到多瑙河的游船上吃饭。

这种游船上的活动都大同小异，因为受地方的限制，无非就是音乐、舞蹈、美食、佳友。灯光下的蓝岚和老尼两人，甜蜜亲昵得一塌糊涂，完全把左奕当成了电灯泡。

灯光下的老尼，尼大叔，如电影明星一般英俊，英俊的男人温情起来，估计没有几个女人能够抵挡得住。左奕没有过这样的激情，但能够理解，她只是略微有点担心，蓝岚这场全身心投入的恋情，不知道会怎样收场。

塞尔维亚之行很快结束了。这趟行程满足了蓝岚和左奕彼此倾诉的需求。什么是闺密，闺密其实就是能够在一起不遮丑地说心事的人,光彩的、不光彩的都可以说,只要是心里面不说难受又不能随便说的事。

　　说完就完,打道回府。

第十二章　新的起点

转眼就是新年了。

二〇一五年的新年注定不平凡。两件事情让左奕心情愉快。一个是向东的书稿，一个是自己的股票。

先说向东的书稿。向东到北京来的时候，拿出一本自己打印的初稿。左奕连夜翻完，超预期。

这是一个很有借鉴意义的股市操盘手的故事。大致就是向东之前提的那个浪漫加实战的期货捕手的故事。出乎意料的是，向东竟然写得很通俗。他真是亦俗亦雅，亦庄亦谐，能低到尘埃里，也能缥缈到云端外。

他在前言中这样写道：

有一位教授在给听众们演讲时拿出十美元，问听众谁想要？听众纷纷举手。然后他把钱扔到地上用脚踩，再拿起来问谁想要？仍然有许多人要。他说："我如此对待这张钱，这张钱已经布满污垢，我还可以把它搞得更脏，但你们依然会想要，因为它没有因我的践踏而贬值，它的价值就在于它自身。"

人生亦如此，我们的价值不在于他人的赞赏或贬低，而取决于我们自身。我们进行的投资，也有它的价值，你能够捕获收益，并用其使你的人生更加丰满，这个投资就是有价值的。

我本人是个利弗莫尔迷，也是王阳明心学的学习者，和大起大落的投机天才利弗莫尔相比，巴菲特显得缓慢而愚钝，但天资更好的利弗莫尔最终自杀身亡，而大智若愚的巴菲特却始终在线，这说明了什么？这说明人生的成就并不完全取决于你的智商，而是取决于你的人生智慧。慢就是快，做投资领域里的乌龟，而不是着急的兔子，你才能取得最后的胜利！

这个开场白很有吸引力。内文的故事虽然很简单，但也颇具可读性，讲的是一个天才捕手在股市操盘的经验和收获。

操盘手古剑在东京的一家期货公司上班，他是一个新手，在浅草寺养病期间，认识了一位隐居在深山里的智者田

　　　　　　　　　　　　捕手游戏

源。

田源以前也是一个股票市场上的大鳄,人称秃鹫。因为江湖派别的原因,金盆洗手,隐居深山,和养女乔乔居住在浅草寺附近的小寺庙里,闭门修炼,过着与世隔绝的生活。

古剑在期货公司的操盘中虽然旗开得胜,但在一次大豆期货交易中被空方算计,兵败如山倒,自此患上了一种难以治愈的头疼病,便到浅草寺闭关休整。他自己独自去浅草寺附近的山涧探险,一脚踏空,摔在树丛里,后来被乔乔发现,被带回隐居在山林里的家中。养伤期间,古剑发现乔乔的父亲,一个睿智的老人,曾经是江湖传说中的股市大鳄。他的书桌上全是关于股市的经典著作,还有一套《王阳明传》。

在以后的相处中,古剑与老人惺惺相惜,逐渐结下情谊,老人把王阳明的心学智慧以及前人在股市中的经验教训结合实战教给古剑。古剑得到了真传,成为一名厉害的股市捕手,同时也捕获了自己的爱情,与乔乔水到渠成地成为一对恋人。

应该说,这个操盘手的故事里有一半是写向东自己的经历的,操盘手古剑应该就是他年轻时的形象,那个睿智的老人形象里也有向东的智慧,乔乔被写得美轮美奂,也许这就是他前女朋友的化身,可以看出,向东还是深深怀念着他的前女友。

这部通俗易懂的书稿应该能受到市场的欢迎,按照目前股市的势头来看,好像正酝酿着一个大的牛市。从年底开始,股市的界面上就不平静,尤其是创业板的指数,不断创新高。用向东的话来说,有一场海啸正在酝酿,只是不知道海啸的级别有多大。

在这个时候出版一本应景的图书,左奕想,至少对股民有点益处吧。书中蕴含了许多其他此类图书中所没有的中国哲学,这对不懂投资理念、只知追涨杀跌的股民来说,是一本很好的教科书,不仅仅是在投资上,也是在对待人生的态度上。向东的智慧也是不可多得的。

第二件好事与第一件紧密相连。

她那只环保股终于见红了。虽然离她的成本还有一半的路途,但已经在路上了。也许,左奕是有一点私心的。私底下,左奕把向东看成了一棵救命稻草,通过向东,提振精神,益处自然就在其中。

新年刚过完,向东来北京交书稿,他对左奕说,从新年开始,他就要常住北京了。一是改书稿比较方便,他希望书稿能够在上半年出版,因为他估计中国股市在这个时间段会飞起来;二是黑金咖啡俱乐部已经就绪,他是俱乐部的主要演讲人,所以要随时去俱乐部看看。

向东在什刹海附近的胡同里租了一个四合院。他带左奕参观过这个四合院。

四合院不大,三进的。大红门很讲究也很精致,乍一看完全是老北京四合院的布局,但实际上已经简化了许多,只有西厢房,没有东厢房,后院只有一排正房,但让左奕最感兴趣的偏偏是这个后院的房子。

那天,向东约左奕到四合院去谈书稿的定稿,两人谈得很顺利,用左奕略带恭维的话说,向东的经历本身就是一部好的书稿,文笔也是浑然天成。向东听了很高兴,兴高采烈地带着左奕参观了他的四合院。

据说四合院历史悠久,远在明代的时候就是一个公主的住处。后来被一个福建商人买下,专门供福建某县的举子进京赶考寄寓用,在建筑细节设计中融入吉祥、顺利的寓意。二进门的大门两侧,依稀能看到嵌在大门两侧的对联,经向东初步考证,这副对联应为"挹晨拂霞,金波承溢"。向东说,他就是看好这副对联才选定了此地,对联的含义对他手中的事业有吉兆。

四合院的内设已经全部现代化了,西厢房是一间大书房,书房内沿墙到顶的一排大书柜、几乎与书柜一样长的大书桌,气势十足,给人以震撼之感。

左奕自己的房间布置也是长条大桌,她无意间发现,他们两个人的审美理念倒是很相近,但她那间小屋在气势上与这里比就小巫见大巫了。这张桌子是把一整棵大树直接切片当作了桌面!树的纹理清晰,人可以坐在桌前数树的年轮,而且木头表面没有上漆,可以摸到木头的质感。左奕感叹:"把这张桌子搬到屋里来是不是要拆屋顶啊。"

向东笑笑说:"就是这张桌子让我觉得这间价格不菲的房子值了,既然要在北京做事业了,一切就要认真上轨道,不能凑合。也不知道这次在北京能住多久,租房合同先签了两年的。"

左奕自然不方便问房租的价格了,但她知道,什刹海一带的四合院,一年租金没有低于七位数的。好吧,左奕心里想,那句话说的就是我们这样的文化工作者,贫穷限制了我们的想象。

当左奕来到后院,才真正知道了什么叫没有想象力。后院的一排房子就是一个大开间,现代感极强的意大利小牛皮沙发占据了半间房子,另外半间是红木餐桌,与褐色的意大利沙发相配一点都不违和。靠东边的墙面,是定做的皮质书架,书架上的书虽然不多,但每一格都有自己的风格和层次,其余的书架空间里,是很讲究的几尊小艺术品,空间感、美感都刚刚好。左奕明白了,这里才是向东的指挥部,接待的主宾肯定都不是一般人物。

向东自嘲般解释:"入乡随俗吧,有人喜欢看表皮,就搞一个给他看看吧,我一个人是不进来的。再说,我端着豆腐脑儿在这里吃,是不是太不协调了。"

两人都笑起来了。

向东很认真地对左奕说:"我现在开始倒计时了。"

　　　　　　　　　　　　捕手游戏

"什么倒计时？"左奕不解地问。

"所有。"停顿了一下，向东又接着说："出书倒计时、起飞倒计时、离开倒计时。"

前两个好理解，后一个，左奕左思右想，还是有些不明白，便问："离开哪里？北京？股市？"

向东点点头："到时你就明白了，天下没有不散的宴席。"

左奕心里想，谁知道呢？当初吸引她的金顶仙人，是一个超凡脱俗的隐士，后来才发现这个隐士却是最积极的入世之人。现在又说隐退，大概是大隐隐于市吧。

倒计时的图书出版很顺利。

书稿内容几乎没有什么可改之处，也许是一气呵成，也许是久思成稿，全书的内容和思绪如行云流水，水到渠成。只是在作品的序言上遇到了一点障碍，原因出自大师兄。

向东希望大师兄给他写序，大师兄有些犹豫。他打电话来问左奕的书稿情况，无非是比较爱惜自己的羽毛，怕给一个股票操盘手的书写序，掉了自己的身价。

左奕也很为难。

大师兄写序当然能增加书稿的分量，等于给书稿镀金，但是大师兄的担心也不是没有道理。可左奕转念又一想，现在给商业操作站台的教授不是多了去嘛，出版界的新书发布会，几乎成了学者和作家的欢聚，多大师兄一个又能怎样。

左奕还是决定去说服大师兄，王阳明也不是不食人间烟火。再说，大师兄的太太不是还让人家向东给信托了资金吗？

大师兄听左奕这么一说，也讲了真心话。

他认为目前的这种全民投资的现象不是好现象，太热了。他觉得，现在是《易经·乾卦》里的"飞龙在天"。

《易经》中讲人生的六个阶段：潜龙、见龙、惕龙、跃龙、飞龙、亢龙，各有内涵。如："潜龙勿用"指在潜伏期不能发挥作用；"见龙在田"指有利于大德之人出来治事……这里需要注意的是飞龙和亢龙，"飞龙在天"这个好理解，就是龙翱翔在天空，翻江倒海，呼风唤雨，但飞得太高了，乐极生悲，便会发生悲剧。这是在警示人们，物极必反，做任何事情都不能过头，到达人生巅峰之后，很容易形成月盈则亏，水满则溢的局面。那么，"亢龙有悔"则是接下来最要注意的，身居高位要戒骄，否则会因失败而后悔，亦指要懂得进退。

大师兄最后总结道："其实乾卦讲的就是六个阶段，即：潜伏时期——初露头角——勤学苦练——掌握时机——理想实现——功成身退。人的一生就是在这六个阶段中不断循环，只要能认清现状认清自己，这一生就会比较顺利，比较圆满，但是，难啊！"

李白说："蜀道难，难于上青天"。大师兄说："江山易改，本性难移。"人性的贪欲，几个愚公也对付不了。

一个以王阳明为终生研究对象的学者，对一切世像都有自己的敏感领悟，但现实却不以任何人的意志为转移。

　　　　　　　　　　　　捕手游戏

股市在创业板的带领下一路红旗飘飘，到处张灯结彩，喜气洋洋。股民们热情高涨，加杠杆成为被鼓励的行为，一人可以同时拥有多个户头。

令人匪夷所思的是，大师兄的太太也像打了鸡血一样冲进投资大军中。这位惠英嫂子会计出身，还会理财，这些年倒也赚了不少钱，但她并不满足，竟然开始投资房地产，跑到北海去买了几套房产，便宜倒是便宜，但是有用吗？大师兄跟太太说："你连房地产最基本的道理都没搞清楚，地段、地段、地段。有钱人会去那些地方养老吗？没有钱的人连去都成问题，更别说投资了。"这些钱当然就套在那些还没有盖好的别墅里面了。太太还在不停地跟大师兄要钱。大师兄无奈，只得画下底线，要钱可以，就是永远不能动杠杆。他几乎把所有的钱都给了太太，甚至把未来的钱也给了太太。大师兄向左奕预支了稿酬，虽然不多，但也足够应付太太这一阵的需求了。

左奕当然可以理直气壮地向大师兄提要求了。

左奕劝说大师兄，就把刚才讲的《易经》中的这些道理写出来，以拯救迷途中的人。向东写书的本意就是如此。也许他的太太看了向东的书可以改变自己的想法和做法。

大师兄叹了口气，说："阳明先生说'破山中贼易，破心中贼难'。每个人心中都有一个潜藏着的心贼，不知道什么时候就会趁乱扰乱真心。我们都应该将眼光投向自己的内心，去检索心内的陋习，超越自己，此心光明，人生才能光明。但是，这样的忠告很少有人能听进去，几乎注定被忘记，永远不会被实践。就像王尔德说的'对于忠告，你所能做的，就是把它送给别人，因为它对你没有任何用处'。"

大师兄就是大师兄，万道一这个名字不是白起的。他对人生的感悟句句都是金句，也不知道是哪里来的灵感。

无奈也会逼出一篇好文的。大师兄的序言写得出乎意料的好，有理有据，一气呵成，从《易经》到王阳明，告诉读者的是戒贪，就是一字不提投资。

他把自己称为矿场中的金丝雀。由于金丝雀特殊的呼吸系统结构，使得它们相对于人类对空气中的有害气体更为敏感。当矿场里的瓦斯泄漏时，矿工们还没有感觉出来，金丝雀往往就已经出现明显的反应——要么停止鸣叫，要么已经晕了过去。"一旦金丝雀停止鸣叫，就意味着危险的到来"。虽然现在金丝雀已经不再作为矿井中瓦斯泄露的警报器使用，但"矿井中的金丝雀"这个词却被沿用下来，用于指代某种危险出现前的预警，类似于"警钟"或者"晴雨表"的意思。

这个未提一字股市的序言与书的正文一阳一阴，一正一负，简直就是绝配。左奕相信，这本书对中小散户的投资，将有很好的指导意义。

《捕手》在向东的倒计时中向前顺利推进。

倒数第二个月，内文和封面设计全部完成。此时股市指数已经到达历年以来的新高。

倒数第一个月,样书出来了,封面的铬黄色非常吸睛。

这个颜色也是向东推荐的。他借此暗指"书中自有黄金屋"。铬黄色是一种黄得不能再黄的颜色,向东说:"这种黄接近于金黄,是夕阳到顶点的颜色,是再黄一点就点着了的黄。"

左奕听了没有说话,她隐隐感到一些不安。这是什么话,再黄一点就点着了,点着了谁?谁来点?凡·高的向日葵不就是这种颜色吗?凡·高的结局好吗?

她将封面拿给老总看时,一贯挑剔的老总对这个颜色似乎也很满意,只有左奕觉得这个黄色有点刺眼,这和大师兄说的那个"亢龙有悔"有点违和。

事实证明左奕是对的。但那已是后话了。

第十三章　蓄势

出版倒数最后一周。

左奕拿到一本样书。铬黄色的《捕手》，形似一块刚刚出土的旧金块，带着墨香，摆在左奕面前。

左奕拿着"金块"，去四合院找向东。到时正值黄昏，左奕发现，快要消失的黄昏，给小院涂上了一层黄色，那种落日的金晖，给人一种将要燃烧的不真实感，估计向东在这个小院经常看到这种落日的铬黄色吧。

向东到日本辟谷去了。

他又有了新的爱好。

据他的助理（就是捕舍的那位玄衣男）说，向东已经去了五天，此行为期七天。以前左奕听向东提到过想去辟谷，他认为短时间的饥饿可以使大脑更加敏锐。

向东说,他并不是要去治病或者减肥,他是利用这样的饥饿时刻,加紧脑子的活动流量。

左奕心里想,都这样绞尽脑汁了,还要再挤压,这个脑子非榨干了不可。

新书发布倒数第三天,向东回京。

他整个人看上去确实更加精神了,有点李叔同的味道。他非常满意图书的印制,当下敲定,书一出版就在黑金咖啡俱乐部举办新书发布会。

新书正式出版。

新书发布会上,京城金融口的大佬们来了不少,可见向东在业界的威望。向东在新书发布会上一直很低调,都是他的朋友以及同学在发言,表达的大多是对向东在金融界默默耕耘的钦佩之情。向东的粉丝也来了不少,据说他的私募基金已经超发,正开始筹备2号基金。

向东在热闹的发布会最后做了简短的发言,开场先来了几句活跃气氛的话,说所有要说的都在书里面,希望大家想要淘金,就去买一本书,别让编辑姐姐赔钱。接下来,他微微低头,语调平和地说:"这本书里所说的,如果要用一句话来概括,就是,作为一个人,最重要的是他心中所描绘的梦想,必须用人生正确的思维方式去实现。这是我能够在较短的时间取得一点成绩的原因。我的思维方式,基本就是有两个判断标准,一个是按照'得失'来进行判断,另一个是按照'善恶'来进行判断。在善与恶的判断标准基础上,加持得与失,就容易取得成功。"

可以说,向东的发言充分体现了"大道至简"的精髓,掷地有声。

到场的粉丝们抓住这次机会,纷纷向向东提问,问他对当前的股市怎么看。

向东说,他已经在为股市默默提示倒计时了,但不好说具体的日期,估计在年中会有一个大的惊喜。

他最后说了一句:"起风了。"

起风了,上证综指在节节高升。

向东的《捕手》也很快加印。

他在黑金咖啡俱乐部、首都图书馆、图书订货会以及读书俱乐部等地方举办的《捕手》推介会上分别做了几次讲演。

此时,正是向东的高光时刻。飞龙在天。

左奕当然也很高兴。书是她策划的,作者是她发掘的,市场反响热烈,作为一名编辑,没有比这更有成就感的了。

当然,还有高兴的事——她被套了几年的股票已经解套了,不但解套了,还带给她一笔不小的收益。这些收益让左奕略有罪恶感,市场是平衡的,有赚的,就一定有赔的。她是凭靠着等待取得了收益。她跟谁也没有商量就断然清仓了。

等待。等待。等待什么她并不知道,只是她觉得大师兄的话还是值得知行合一的。

向东曾经要她加入他的2号基金。

这只基金是专门做能源的,太阳能,这是国家支持的项目。左奕认真想了想,她承认从向东这里学到了不少的投资经验,比如"手中重仓,心中无仓"的心理架构,这就是王阳明心学的一种实验。左奕相信向东的能力,但她不想与他牵涉超出作者与编辑之外的关系,尤其涉及经济利益的关系。看看大师兄万道一就是知道了,多了一个理财顾问,就少了一个心灵的朋友。大师兄就经常怀念之前在培训班时他和向东间纯粹的师生友情。

《捕手》发行得很好,这是硬道理,左奕今年的奖金是可以放心了,仅此即可。足矣足矣。

王尔德说过,年轻的时候我以为钱就是一切,现在老了才知道,确实如此。这本书,弥补了左奕前几年因为只有学术文集出版而造成的利润的寂寞。

向东的市场倒计时不知从什么时候算起。

他的假设是七月。

左奕问向东,你的倒计时从什么时候算起,向东的回答是七月。

好吧,从七月算起,还有一个月。

果然,上证综指在二〇一五年六月达到五千一百七十八的阶段性高点,虽然未能突破二〇〇七年的前期新高,但是,市场的热度已经与外面的天气一样越来越热。

七月流火，说的是天气，其实也是当前的股市。七月流火的原意是大火星西行，天气转凉。出自《诗经·国风·豳风》，原文为"七月流火，九月授衣。一之日觱发，二之日栗烈。无衣无褐，何以卒岁。三之日于耜，四之日举趾。同我妇子，馌彼南亩，田畯至喜"。前句是引子，天气渐渐凉了，后句是落脚，该缝制寒衣了。

坊间往往用错这句诗的含义，以为七月流火，正是天气最热的时候。本来是用错了的意思，但用在股市上，刚刚好。

如果从二〇一三年六月的最低点开始计算，指数层面的最高涨幅为180%，成交高峰期时A股市场单日成交达到了2.36万亿元，是A股市场有史以来的最高水平，为阶段性低点时期（二〇一三年年中附近）的二十倍。其间A股市场过半公司区间内的最高涨幅超过五倍。

在股市形势一片大好之时，股市外，那个黑金咖啡俱乐部开始出现状况。

正如蓝岚当初分析的那样，众筹的事业就好比是大锅饭。作为一种新投融资模式，众筹显然有可圈可点之处，如门槛低，只要你投入适当的本金，无须操心经营，你等于出钱雇人打理业务了。但是，你见过大家共同出钱雇用了一个用人而让用人随心所欲爱干吗干吗的吗？这是蓝岚提出的问题，她坚决持否定态度。现在，这正是向东要面对的问题。

黑金咖啡俱乐部虽然投入的资金不少，但股东们还是低估了一切追求高品质所对应的高昂费用。由于俱乐部地处CBD商圈,租金太贵,每天就是几万元的房租,还有员工的薪酬、材料损耗……俱乐部对众筹股东买咖啡施行的是半买半送的优惠政策,卖一杯就等于赔一杯。

这都不是最大问题,熬过一段时间,这个瓶颈是可以突破的。本来俱乐部的盈利点就不在咖啡,咖啡只是一个漂亮的金边而已,俱乐部是要靠培训来盈利。可是,这一想法,却落空了。中国股民鲜有愿意认真研究投资理念的,花钱听课的少之又少,多是来打探消息,直接要股票代码的。

向东的课不是讲王阳明的心学理念,就是讲禅学修身。这些对于急功近利的股民来说都不合胃口,没有几个能听懂的,或者说没有几个愿意学的。俱乐部一直亏钱,于是原本说好不参与经营的大小股东们开始不断提意见,要求参与经营,还有要求退款的,俱乐部真的成了投资实验的俱乐部。

众筹,本来就是一个经营理念,到头来变成了一个集体营销,一个预付了自己的款项急于连本带利赚回来的团购行为。那句水能载舟亦能覆舟的话就是众筹的最佳注解。

向东的情绪大受影响。他用自己的钱支付了几个要退款的投资人。俱乐部还要办下去,就要继续往里砸钱,极目远望,没有尽头。黑金咖啡俱乐部成了向东填不满的窟窿。

好在《捕手》的销路不错,这在精神上给了向东很大的支撑。他的微博更新速度很快,他的2号基金也招募成功,并很快有了浮盈。

股市还在沸腾。

此时向东却格外沉静,通过他的微博可以感受到他缜密细腻的思考。他似乎远离了股市,一心沉浸在古典文学中修身养性,越来越像一个田园诗人。他经常引用古人的诗词来表达自己的心境。

这一天,向东写的是白居易的诗:

> 曾陪鹤驭两三仙,亲侍龙舆四五年。
> 天上欢华春有限,世间漂泊海无边。
> 荣枯事过都成梦,忧喜心忘便是禅。
> 官满更归何处去,香炉峰在宅门前。

"荣枯事过都成梦,忧喜心忘便是禅"。应该是向东近来的基本心态。他除了读诗写文,还有闲心养生,他在微博上介绍了王阳明的一首《修身歌》:

> 饥来吃饭倦来眠,只此修元元更元。说与世人浑不解,却于身外觅神仙。饿了就吃饭、疲倦了就睡觉,这就叫"适时",也就是养生了。

他感慨道:

捕手游戏

说起来简单，实际上却很难做到。想睡了就睡，想吃了就吃，除非你是在桃花源里。就是王阳明，也不一定什么事情都能想通。王阳明在龙场悟道时说："自计得失荣辱皆能超脱，唯生死一念尚觉未化，乃为石郭自誓曰：吾惟俟命而已。日夜端居澄默……"他觉得自己得失荣辱都看开了，唯一还对生死没有看明白，于是把自己关禁闭，日日夜夜地端坐在石头小黑屋里，沉默不语，反复探求最根本的"道"。

　　为什么"此心不动"是解决万物的唯一技巧呢？因为心不动才能冷静，冷静才能沉着，沉着才能在危机面前临危不乱。事事讲技巧，看着似乎聪明，其实都是小聪明，是投机者的技巧。只有真正的智者，才会从大本大源上找支柱，老老实实做功课。这就是老子所说的"大巧若拙"。

　　王阳明一生经历过众多磨难，他的随从都挂了，他却还一直在折腾，没有坚韧的精神支撑，早不知挂过多少回了！王阳明强调人需要在事上磨炼"静"，说明一个人如果只是躲在深山老林里，那样的静不是真正的静，那叫逃避。乱中取静才是真的静！什么叫乱中取静？就是遇到复杂的事情要告诫自己不要被激怒，因为愤怒会使大脑麻痹，降低理性的应对能力，使人只会做出原始的应急反应，而理性应对才能发挥出自己应有的真实水平！

左奕却在这些文字的里读到了向东的焦虑。真正的悟道者是无语的，道可道，非常道。能够道出来，说明还是常道。常是平常的常。

好了！终于有一天，他远兜远转，提到了他一切理论的实际目标，套用到股票交易的具体实战上：

> 长期持有的思维逻辑不是买入后就不看股票波动，不看经济动态，不看新闻联播，不关心国际时事。这是不可能的！有人说买入后不动不看就能长期持有，这是守株待兔，是傻。正确的方式是你要看新闻，看K线图，看主力的动向，因为这个世界上唯一能确定的就是不确定，就连主力也不一定就肯定他手中的股票一定会涨。只有随时关注动态，才能够保持足够的理性应对，而不是被日常股价的波动以及其他板块的暂时优异表现所吸引，只有在这方面反反复复磨炼，才能真正练就"拿得住"的功夫！那么在投资过程中，就不会因为微小的、暂时的利空，产生恐惧情绪，中途下车。拿得住，沉住气的前提是你要做足了功课。
>
> 所以，投资能力来源于投资生活的点点滴滴，那些所谓买入不再看的投资者，绝大多数是没有能力稳稳拿住的。这就需要王阳明动中驭静的能力！

向东擅长讲故事，这也是他的《捕手》能够大卖的原因之一。由故事串起的理论,润物细无声,读者们喜欢,股民们推崇。

向东的微博也越来越多此类故事。又一天,向东的微博讲了王阳明的一段小故事:

有一年春天,王阳明和他的朋友到山间游玩。朋友指着岩石间一朵花对王阳明说:"你经常说,心外无理,心外无物。天下一切物都在你心中,受你心的控制。你看这朵花,在山间自开自落,你的心能控制它吗?难道你的心让它开,它才开的;你的心让它落,它才落的?"王阳明的回答很有味道:"你未看此花时,此花与汝心同归于寂;你来看此花时,则此花颜色一时明白起来;便知此花不在你的心外。"

不知道向东是否还关心他的股票,看起来他似乎对此漠不关心,过着超然物外的生活。这让左奕有些担心,毕竟,现在是向东的高光时期,有高涨的热情好理解,可不但没有热情,反而在冷却,这让左奕不由得想起了封面的那一片铬黄色。

浓烈到最后是无有。绚烂至极是平淡。

最近一天,向东突然写道:

生与死，这是一个大问题。从文艺老祖莎士比亚那里就一直没有想通,to be or not to be,that is the question.意思是说,活着还是死去,这是一个问题。

看来向东也有想不透的问题,他在度人,也在度自己。

风终于来了,市场内外风起云涌。

一方面股市还在创新高，一方面加杠杆的呼声也在增高。左奕给裙子打电话,想问问裙子的看法,毕竟是裙子把她带到了这个市场。

裙子的电话打不通。再打,还是不通,这就让左奕有些担心了。

她想起了裙子的新生意,对了,就是那个挖掘机的生意。这一阵光顾着卖向东的书,竟然把裙子的挖掘机给忘到爪哇岛去了。

想到这里,左奕才感到事态严重了。裙子可别出事啊,她募集了那么多的钱。虽然这是一桩投资的买卖,但也可以称它为非法集资。钱到了一定的数额,就变了性质。

左奕给蓝岚发微信,问她对市场的看法。

左奕先是夸了蓝岚,说她对黑金咖啡俱乐部的判断有远见。左奕听向东的助理说,黑金咖啡俱乐部因为资金链断裂,只能先关闭了。向东说,等基金做好了,可以从中抽成再把俱乐部办起来。蓝岚却说,做事情,永远要赶第一波。第一波赶

　　　　　　　　　　　　　捕手游戏

上了,有的赚就走,不能等第二波。因为第二波不是浪潮,是海啸。海啸知道吧,是要死人的。

左奕有些不高兴了:"说事就说事,别死不死人的。我虽然不迷信,但也别说丧气的话。"

"哎哟喂,左爷也紧张了呀。你不是永远平静如水,人淡如菊嘛。是那位东哥让你紧张了吗?"

"你还是多想想自己的后路吧,总不能一辈子待在塞尔维亚吧。北京好歹我还可以给你包个饺子吃,老尼能做什么?"

蓝岚在电话那端哈哈大笑起来,这个家伙,看来精神很好耶。

"我已经过了一辈子了。大熊那年遇到雪崩的时候就对我说过,这一辈子已经顺利过完了,如果还有下辈子,我们还可以重新来过。"

"看看,想大熊了吧。"

"那倒不是,不过大熊是我的底气。说正事,我不太懂投资市场,但我知道如果是全民都动员的事情,你还是收着点吧。"

"我也没有参与,就是东哥现在的业绩蒸蒸日上,基金的浮盈很多,我担心他的仓位太重。"

"你这就多余了。东哥是谁,还轮得到你担忧,他倒是应该替你大赚一票才对。"

蓝岚一般比较清醒,也许是因为她不下海吧。不,她现在还真的在海里,而且是在深海。

蓝岚在电话那头自顾自地说,塞尔维亚的山区里,随便一家的别墅院里都能挖出矿泉水这说法虽然有点夸张,但是那一带的矿泉水确实是好,带点苦味的矿泉水是东欧地区最贵的。但因为没有资金进行商业开发,这么好的矿泉水,想喝上只能自己带着水桶去装。蓝岚劝左奕动员东哥来这里投资:"卖水是一本万利的生意啊……"

听着蓝岚在那头滔滔不绝地畅谈蓝色矿泉水的美梦,左奕简单应付了见句便默默挂上了电话。

自己的心病只有自己能感觉到。仔细想一想,左奕也不知道到底发生了什么,但就是有一种隐隐的担心。具体担心什么,再想,其实什么也没有。向东是专家,他为自己建造的心理长城坚固得很,何况每天还都在不断加固增高,但真害怕他有一天把自己围在高墙里面,就像那位《麦田里的守望者》的作者杰罗姆·大卫·塞林格一样,写完一部惊世骇俗之作之后就把自己隔离于人群之外。向东本质上是一个内向的人,偶尔会激情一下,但最终仍会归于内向,不然他也不会得抑郁症。

大师兄那里的《王阳明文集》也都齐了,大师兄最后把关后就可以交稿了,出版基金那里可以交代过去了。左奕的一件大事也完成了,人生为一大事来,大事已经完毕。如果不是财务尚不自由,左奕完全可以就此躺平,这个人生已经可以了。

似乎还有别的事让左奕心烦意乱,是什么呢?

捕手游戏

第十四章　意料之外

裙子。

对，是裙子让她心烦意乱。

裙子终于来电话了。

怎么说她好呢？鲁迅先生在小说《祝福》里有一句话，"我因为常见些但愿不如所料，以为未毕竟如所料的事，却每每恰如所料的起来，所以很恐怕这事也一律"。

预感常常是准确的。

裙子的资金链断裂了，但她始终不承认是被骗了。事情简而言之就是，她把购买挖掘机的资金给了宁波的一个代理人，结果代理人把这笔资金借给了一家需要资金周转的机构，机构加高杠杆用这笔资金买了基金，基金现在被套在股市中了。

这明明就是一个"庞氏骗局"啊。裙子只是去了宁波舟山的码头，看见了一台已经不能用的挖掘机，就把什么都信以为真了，其实余下的不过都是空头支票而已。

佐奕听了直摇头："你真是糊涂啊。"

"怎么办？"裙子说，"我就是搞这种基金的，我知道这都是干什么的。用杠杆搞基金，得一级一级的抵押贷款，钱都不知道猴年马月才能出来。早知道他们集资是干这个还不如我自己干。我的全部资金也被私募收集做了环保投资，因为资金较多，我还成了一致行动人，这些没跟你说过，因为说了也没有用，这都是一些庄股，不知道哪一天就会坍塌下来。我知道我的这些钱短期是回不来了，才动心思搞个转手的项目，没想到还是砸了。"

"那怎么办？你还有生活的钱吗？"

"我把房产也抵押了。"

左奕听了心里"咯噔"一下，看来裙子是真没招儿了，于是说："我资助你一点儿吧。"

裙子顿了一下，说："左爷，你是我出事后唯一一个主动要给我钱的，我是真不想连累你的，可是……"

"喂喂，我可不是给你啊，我是先借给你应急的。谁这辈子还不出点状况啊。我这是无期无息贷款啊。"

"左爷，你放心吧，我把钱要回来会加倍还给你的。"

左奕心里知道，这个钱是要不回来了。

捕手游戏

莎士比亚在《哈姆雷特》中写道:"不要向别人借钱,向别人借钱会使你失去节俭的习惯;更不要借钱给别人,因为你不仅可能失去本金,还可能失去朋友"。

裙子还要继续为她的"挖掘机"奔波,加了杠杆就像上了钢丝绳一样,前后都是陷阱,进退不得,只有盼望股市来一个大牛市了。左奕帮不上裙子的忙,只能暗地替她祈祷,希望事情会有转机。

她想起蓝岚说过的一句精辟的话,保持快乐的秘诀就是五个字:不要太用力。

做事业不要急于求成,交朋友不能推心置腹,谈恋爱不能十全十美,过日子得过且过。属于你的,上帝会给你。不属于你的,着急也没有用。

生活常常是这样,转了一个大圈,又回到了原来的起点。只不过,回到原点的自己,一定已经被生活左右开弓留下了印记。无声的岁月,暗地里不知教训过多少想入非非的人。

左奕的老妈在保姆的照料下,健康状况还算稳定。老年人不添新病就很好了,有些老年病,也不要下猛药,慢慢治,并与之和平共处。这是老妈的认识,老妈有自己的一套人生哲学。

左奕的日子还是老样子。上午到出版公司上班,中午吃素,午间看新闻、微博、股市,她泡在微博里的时间最多,尤其会仔细阅读向东的微博,细品字里行间的含义。

最近向东的微博越来越接地气了，他直接开始分析市场动态。市场好像有点山雨欲来风满楼的紧张感，不少人在向东的微博下面跟帖，要求向东做分析。

股市确实不稳定，领先起跑的创业板大起大落，有时会有连续几个跌停板的股票，但也有连续涨停的股票。

一只裙子曾经让左奕买的股票，不知道是不是她基金里的股票，已经连续十几个涨停板了，铜墙铁壁一样，任是股民们惊呼要"回调了，要回调了"，可就是不回头，一身妖气，真是邪性。这只股票已经被 ST 了，董事长因为非法集资被判刑，股票只是被人代持而已。不管是什么高手，这样的故事的确让人看了心惊肉跳。左奕只是看着，看着这只股票最后的结局。

索罗斯说得好，"世界经济史是一部基于假象和谎言的连续剧。要获得财富，做法就是认清其假象，投入其中，然后在假象被公众认识之前退出游戏"。股市等于故事，游戏而已。

向东在倒数时间的这一时段，活动频繁，微博发得也都很长，像是给粉丝写的，又像是给他自己写的。

这段时间，他去了一趟美国，加入了同巴菲特共进午餐的队伍。这个举动可真不像他啊，他自己也在微博里承认，"不免从俗，不免从俗"。向东此举也让左奕很吃惊，看来，走近人类，没有一个是超人，都是吃饭长大的。不过，他也说，吃

　　　　　　　　　　　　　　　　捕手游戏

不吃饭意义不大，重要的是巴菲特带给投资人的一种思路，看看向东的感悟吧：

诚信是巴菲特成功的重要原因之一。当然，也是所有最终取得成功者的秘诀。尔虞我诈的资本市场，就是人精的集合体，人人都以为自己最聪明，而别人都是傻子。其实，人类的智商差不太多，在智商均衡的情况下，格局和品格才是胜出的关键。巴菲特聪明吧，他从来都是报忧不报喜，严厉地检讨自己，他的真实和诚信让他成为真正大智若愚的人。这种海纳百川的胸怀和坦诚的做人原则真值得我们的投资人学习，我们的投资人只会自我表扬。厚德载物，你的道德水平决定了你可以承载的财富，这话一点不假。

投资股票的精髓不在于关注盘面，而是在于背后的调研和超级耐心的等待。巴菲特很少关注股市盘面，他绝大部分的精力都放在寻找出色的上市公司，研究年报，然后耐心等待市场对它错误定价时，重仓买入，长期持有。巴菲特最经典的一句话就是，他从来不担心他买入股票后交易所停牌五年，因为他买的公司都值得他持有一辈子。有意思的是，巴菲特觉得自己最大的缺点恰恰是缺乏足够的耐心，他坦诚他听别人说话很难超过五分钟，看来股神也是个急脾气啊。

一位印度老人对年轻一辈说，每个人的身体里都有着两匹狼，它们残酷地互相搏杀。一匹狼代表着负面的元素，愤怒、嫉妒、骄傲、害怕和耻辱；另一匹代表着正面的元素，温柔、善良、感恩、希望、微笑和爱。晚辈好奇地问："那么，哪匹狼更厉害？"老人回答："你喂食的那一匹。"你的心所朝的方向就是你将来的形象。可以是负面的，也可以是正面的，看你的选择。

资本市场充满了诱惑与欺骗，我们唯有擦亮自己的眼睛，少被骗就是胜利。

这一次最受鼓励的是，在巴菲特股东大会上，巴菲特表示对中国能在三十年内完成美国一百多年的经济成就表示不可思议。很多华尔街人士也对国内对冲基金动辄超过100%的年回报率表示不可想象。白天不懂夜的黑！这句话用来形容美国和中国两个国家再合适不过了。这个是事实。作为一名投资者，当然要了解黑天和白天的界限。全球化的时代了，你中有我，我中有你，谁也离不开谁！美联储的一次会议可能会让中国资本市场翻江倒海，而中国央行的一次降息也可能会让美国市场的定价发生巨大波动。就像亚马孙河流域热带雨林中的蝴蝶，偶尔扇动几下翅膀，可能在两周后在美国得克萨斯引起一场龙卷风一样。全球化视野的大局观，是我们这些中国机构投资者必须要补上的一课。

这是左奕看向东的文字以来最满意的一段话。这才是向东的真实面貌，也是向东的价值所在。资本市场是需要大智慧斡旋的、没有硝烟的战场，时时上演着血腥的厮杀。所以，向东才充满了责任感。

在向东去美国的这段时间里，A 股市场开始大起大落。

市场情绪分外紧张。受创业板直线上涨的刺激，左奕忍不住把刚刚解套的资金又投入到那个刚刚开板的 ST 股上面。她打定主意，只是一个板就行，一个板就可以把全年的旅游费挣回来了。如果继续板呢？继续板就观望，有钱不香吗？有钱可以像向东那样开一家咖啡馆。左奕畅想着，她要开的咖啡馆一定是与书有关的。可以无偿读书，名字就叫黄金屋书咖，书中自有黄金屋嘛，如果钱再富裕，干脆就办一个与咖啡馆连在一起的书店，专门修养人心的书店，到时可以把大师兄请来讲座。

想到这里，左奕忍不住笑起来，原来那个外国老太太卖牛奶的故事说的就是她自己啊：有一个卖牛奶的老太太在大树底下休息，幻想着自己用卖牛奶的钱买来鸡蛋，鸡蛋孵出小鸡，养鸡场生意兴隆，她雇了许多用人，用人干活儿偷懒，她用脚一踢，得，面前的牛奶踢翻了，她的鸡场梦、用人梦都破碎了。

她发现，她与向东原来是那么像，不喜欢沾染铜臭气，却做着需要大量钱财支撑的白日梦。

向东的稿费虽然不菲,但对于一个做对冲基金的投资人来说,这笔钱简直就不值一提。向东并不着急要。他说先存着,准备再建立一个单独的基金,将来有机会在大理或者鸡足山办一个股民的阳明书院。因为到鸡足山的旅人许多都是在现实生活中遇到困惑的人,无解才去拜佛。但在左奕看来,按照现在向东办黑金咖啡俱乐部的思路办书院,大抵会与黑金俱乐部目前的状况相同。

此时,左奕盼向东能早点回来,帮她把一把脉,她手上那只 ST 股的走势有点奇葩,翻江倒海,直线上下。

第十五章　生死时速

突变来临时并没有征兆。

日本袭击珍珠港之前,美国舞照跳,酒照喝,夜色迷人。

沉浸在大家一片大牛市来了的沸腾中,海啸却来了。

大盘说翻脸就翻脸。

毫无征兆地,大盘居然急速下跌,几近跌停,随后便大幅起落,进入过山车状况。大家的心跟着股指一同起落沉浮,几乎每个人,每次聚会,见面就是股票股票股票。好消息与坏消息一样多,有的人说是洗盘,还要向上,没看见融资的配额都到了 1:8 嘛;有的说,有外资在做空中国,有内鬼。

左奕觉得心里空荡荡的。向东不在,他还在向巴菲特取经的路上,不知道巴菲特怎样看待中国的股市。

她开始盘点自己那点资产,母亲存在她这里的三十万元,大病保险里有十几万元,支付宝里还有几万元,她每月有工资,吃喝不成问题,股票她相信只要不亏本卖,终有一天会回本的,那只失踪了的股票三年后不是也赚回来了嘛。

只是,母亲千万别在这个时候出状况。人一有病,这个就是无底洞。虽然说母亲的医疗费用国家给报销,但自费药、护理费用等自己花费的也不少。

左奕觉得好像到了战时,虽然她没有经历过战争,但此时的心情与处在战争期间应该也差不多了。她天天晚上看新闻,看股评。现在在单位也不用偷着看股评了,大家都炒股,全民炒股,全民都是投资专家,连老总们的联席会议,开场白也是先说一下股市。左奕几乎被当成了股市解说员,谁让她这个时候出版了一本《捕手》呢。更邪乎的传说是,在作者向东的指导下,左奕大发国难财。更有心怀叵测者,干脆就说向东实际是左奕的男朋友,左奕终于等到了一个钻石王老五。

面对这些非议,左奕只是一笑而已,这是她的一贯对策。不解释,不回应是所有解释和回应中的最高境界。

向东回来了。

他一回来就在微博上鼓励大家。其实,这些话向东以前就说过,但此时再重复,意义就不同了。

在这个时候,大家不妨多一些禅思。要认清烦恼即菩提,大烦恼生大菩提,小烦恼生小菩提。所以,要感恩烦恼,

　　　　　　　　　　　　　捕手游戏

它是我们生出智慧的源头。正视它,面对它,烦恼自然会消失的。六根清净方为道,退步原来是向前。阿弥陀佛!

狂风暴雨的一周结束了!我闭门思过,静心打坐!在最黑暗的时刻,我要告诉我自己和朋友们:不要怕暴跌,没有暴跌的牛市不叫牛市!也不要怕浮亏,只要是好股票,亏缺总会涨回来的!只要你不用杠杆,你用自己的资金,你输的只是暂时的时间,最后的赢家一定属于我们这些坚持下来的乐观者!牛市一定会突破六千点的。

看来向东非常乐观。也是,他是经过大风浪的人。他能够稳定军心说明他有这个实力。他告诉大家,基金目前还是浮盈,不用担心,他们没有借用杠杆。没有杠杆,一切都会回来的。

但是股市像疯了一样,失去控制地、决绝地直线下垂,每天都给人以世界已经玩完的丧气,任何一种风吹草动都是股市下跌的缘由,脆弱不堪。

世界局势没有发生大动荡,地球也并没有爆炸,海啸也没有在任何土地登陆,台风还在天的尽头酝酿着,但中国股市哭爹喊娘的下跌这是要闹哪样?

左奕每天早晨起来一打开自选股,绿油油的电脑屏幕上就透出一股阴森气。恐怖是会传染的,股民们不顾一切地抛弃寄予了厚望的股票,踩踏事件时有发生。

向东依然稳定。

但他的后院已经要起火了，就是那个黑金咖啡俱乐部。人们都想在这个非常时刻把资金保住。谁都明白，把母鸡杀了哪里还有什么金蛋呢？但现实中，想要杀鸡取卵的行径却十分常见。

一群粉丝在向东的微博下面要求向东解释。本来这个项目也不是公开众筹的，大都是向东的朋友介绍的，当时还有点僧多粥少的状态，但到了这个时候，粉丝们纷纷要求退款。左奕觉得肯定有人背后买通了粉丝，让向东在公众舆论中先站不住，此时向东危矣。

向东写了一篇又一篇的微博告诫大家，"在别人恐惧的时候贪婪，在别人贪婪的时候恐惧"。可这些话说得是这样没有力气，连左奕都觉得不如不说。

股市并没有停住下杀的脚步，疯狂地一路向南。

于是，救市的呼声越来越高。

许多上市公司发布公告，回购自家股票。大家都开始相信国家会出手的，一定会救市的。

向东也发表了长篇大论，论述了在大的动荡面前，应该相信国家，应该有大局意识，字里行间充满了对市场的信心。

左奕看着暂时稳定了的市场，才想起不知道裙子怎样了。

她连忙给裙子打电话，裙子似乎很忙，一边接听她的电

捕手游戏

话,一边在指挥着旁边的人做着什么。

左奕当然不能直接问了,那只抽风一样上升又下跌的股票,裙子是一致行动人。这个监管是有规定的,不能透露消息。当然,什么规定都有缝隙可钻。

"那只疯牛还能留吗?"

"没有问题啊。昨天二号老板还在深圳呢。"

"去深圳干吗啊,上市公司不是在上海吗?"

"说是去看一块地,光那块地就应该值现在股价的两倍。别管它了,安心忙你的正事去吧。"

"那你的那个拖拉机怎么样了?"

"什么拖拉机啊姐姐,那是挖掘机好吗?"

左奕也忍不住笑了,脑子让股票给搅浑了。

"对对,挖掘机挖掘机。"

"别提了,挖掘机到了,钱没了。我现在是两头都欠钱。这边是投资人的,那边是供货人的,那个该死的代理人带着钱失踪了。"

完蛋,这情况比以前还不如。真不知道裙子要怎样才能熬过去。

"那怎么办啊?你的股票现在也不可能卖啊。"

"没事没事,我已经找人贷了款,过三个月这个基金解套就可以还贷了。"

听到这里,左奕的心就更凉凉了。

市场总是这样的，你越笃定的事情，往往越可能出错。这个世界上，唯一可以肯定的事情就是没有百分之百肯定的事。

裙子这是越陷越深了。她被一座大山障住了双眼，这座大山就是她的挖掘机。因为挖掘机而引发的资金链断裂，正逐渐把裙子引向万劫不复。

在股市大幅调整的三周里，证监会接连出手，你得承认，证监会确实是在救市。国家在行动。

左奕随着股海狂潮起落数日，这天，她突然意识到，证监会救市的这几天，向东一直没有发声。左奕本来还想安排向东到公司来做一次演讲，因为小编们都很喜欢《捕手》这本书，央求左奕请向东来给本部门开个小灶。混乱的股市中特别需要专业人士给予指点。大盘天天绿油油一片，大家心绪不宁，中午的食堂已经成为七嘴八舌的金融大课堂了。

但是向东的手机一直关机。也许，他又去辟谷了。

左奕记得前些日子向东说过，他在日本东京发现了一家辟谷寺庙，非常幽静，每次只接待一两位客人。在辟谷的同时，还会安排走山、徒步等活动。辟谷以后，会安排客人去吃日本最好的天妇罗，作为辟谷之后营养的补充。尤其是在夏季，既可以辟谷，也可以养生。他还说什么时候可以带左奕去参加一次。左奕当即拒绝了。她从来就不喜欢这种抑制自然需求的活动。而且，在这个人心纷乱的时候还有心去养生辟谷,就是王阳明本人现世,也不太可能。

左奕这样想,一定是借辟谷之名养心去了。

好事不成双,祸却不单行,越是怕什么越是来什么。

左奕接到保姆电话时是凌晨四点。此时,母亲正在抢救。

左奕在手机上买了最近的一班飞机,赶到青岛齐鲁医院时,母亲刚刚脱离危险。还是心脏的问题,用母亲的话说,人老了,机器都锈了,要时不时地上点油。

既来之则安之。左奕干脆向公司请了年假,陪着老母亲在医院彻底"上上油"。

又过了几天,母亲从ICU(重症监护室)出来,住进了单人病房。左奕也干脆陪母亲住在病房里。

左奕对母亲说:"这次给你彻底大检修一下,把所有零件都重新检测一下。"

"别别,你还是让我多活几年吧。我早就看透了电视上的那些养生节目了,纯属没病找病。俺们村里的那些老头儿老太太们,也没有检查什么的,不也一样长寿吗?还一个个越来越精神了。"

"是吗?跟你一起当通讯员的还有几个啊?"

"那倒没有几个了。这次你来,我得把我的一个秘密告诉你。"

左奕笑了,一个多年都不接触外界社会的人,还能有什么秘密。但孝顺孝顺,不就是顺着老人的心思嘛。她凑到了老太太的枕旁，假装很感兴趣地说："把你的秘密说出来吧，天知地知，你知我知，我保证不说给其他人听。"

母亲看了她一眼。虽然母亲病卧在床，头发凌乱，但也挡不住她犀利的眼神。这眼神让左奕着实吓了一大跳，她还从没见过母亲这样的眼神，如同影视作品中的女英雄英勇就义前望向敌人的最后一眼，大义凛然，正气浩然。

但母亲还是没有说，她摇摇头，有点不放心地说："我再想一想。没有到最后的关头，这个秘密就不能随便讲。"那认真的劲头把左奕逗得哈哈大笑，把护士都引来了。护士用手指嘘了一下，老妈赶紧捂住自己的嘴。谁能相信，这个老太太，前几天还在 ICU 里抢救呢！生命力的顽强也要靠精神的支撑啊。老妈的精神支柱是什么？

母亲住院期间，市里对这位抗日战争时期做过贡献的老人很重视，送来的鲜花摆满了病房，但晚上还得搬送到护士站，因为花香太浓会影响病人的呼吸。

在左奕眼里，老妈是一个身体衰老但精神不倒的战士，她记得自己小时候母亲的口头禅是："我们打莱阳的时候……"但实际上，左奕还真不太了解老太太当时具体的革命工作，老太太跟保姆相处得很好，知情达理的父母总是不愿意拖累儿女，老妈就认为，有出息的儿女都是属于社会的，用老妈的话说，就是"你们是国家的"。虽然左奕并不这么认为，但老妈笃定地认为在国家单位做事，就是国家的人。

此时陪护在老妈身边的左奕,心里还在牵挂着那个风云变换的股市。

左奕没有想到的是,这个时候,才是命运最后的倒计时。

六月十九日,大盘暴跌。

一大早,左奕就感觉气氛不对。

她从手机上看到盘面绿油油一片,大盘一早就有气无力的,仿佛被看不见的浒苔给拖住了,强撑着身子,做徒劳的挣扎。再看看股吧里,全是丧气的话。大盘一直表现得非常疲弱。

左奕叹了口气,转而跟老妈聊天。

老妈也知道她有心事,劝她说:"人哪,不要想太多。这个世界也简单,也复杂。复杂的时候,你就简单处理;简单的时候,就复杂地考虑一下,就永远有主动性。"八十多岁的老妈,头脑一点都不糊涂,还能说出这么有哲理的话,跟大师兄一个水平啊。

午后,左奕被病房窗外的阳光照醒了,摸起手边的手机一看,大盘跳水了,跌幅一度逾6%,相继失守四千六百点、四千五百点,考验六十日均线支撑,两市近千只股票跌停。各板块全线飘绿。

六月二十六日,沪深指数及创业板指数又是全线大幅低开,随后直接开启无反弹杀跌模式,沪指是不断创出盘中新低,盘中一度冲击跌停,创业板指数更是一度大跌逾9%,被抛压重重地砸在三千点之下,不得翻身,个股更是逾两千只跌停,溃不成军。

可以说空方士气十足,多头几乎没有抵抗的力量,国家宣布的自救行动几乎是沧海一粟,引不出一丝波澜。

好消息是,机构开始介入,国家队也纷纷入场。

好多股票出现了证金汇金和其组合的身影,甚至一些超级垃圾股,显示出当时救市时也是真金白银地投入。有的股票,大股东甚至把流通盘的50%都买掉了!在很多股票上,机构介入得很深,不少股票投入了十亿元以上的资金。从目前情况看,可公开的国家队加机构投入估计至少五千亿元,甚至可能达到八千亿元。

这样的投入,为什么还是跌跌不休呢?这么大规模的救市举措,却仍没有换来市场的信心,很多人还是担心股市会跌下去,因为他们担忧的是国家队将来退出的话,怎么办呢?

捕手游戏

第十六章　真的倒计时

继续倒计时。

七月初,向东撰写了一篇专栏文章《一个远离市场的投资人的思考》。

文章称,整整两周时间,他没有发一篇微博,因为他现在是远离市场的。为什么要远离市场?因为在痛苦的反思。此次股灾颠覆了他的很多投资原则,让他感到无所适从,甚至多次怀疑自己是否还适合这个市场。在文章中,向东反思了自己的不足,称问题的核心还是出在自己的性格弱点上,没有真正做到知行合一,对于基本面的价值投资过于执着,没有想到价值也是有阶段性的,也是有临时风险的。价值投资不能一成不变,但对于价值投资的执念让他忽视了技术面的风控提示。当风险来临时,保命最重要!要缩小自己的投资圈子,学会独立思考!

看向东的文章,他完全是站在国家的立场上思考股市的态势。他坚信有国家队出手,股市一定会有一番新的天地,呼吁股民要更加理性地看待市场涨跌。这个时候,他还在用巴菲特的理念来鼓励大家。

左奕看了向东的文章,有一种隐隐的担心,她觉得向东似乎有一点气馁,还有一点乱。这不像向东。原本向东是多么沉稳,他是经历过大风大浪的人啊,到现在江湖还流传着他传奇般的大豆期货交易业绩。

当年大豆单边猛涨,造就了很多期货作手的奇迹,使很多人短期内快速致富。当年向东也就二十五岁,拿着三十万块,来了就做多大豆。当时大豆一路下跌,越跌向东越加仓,因为他看到的是天灾之年,粮食减产,反向思维的原则使他一路做多。结果到了秋季,大豆大幅度上涨,单边上涨,迎合着向东的多头思路。于是向东便满仓做多。这样持续做了三个月,到十一月的时候,从三十万元就做到了三千多万元。向东一战成名,成为期货界最有名的短线高手。

短线高手面对目前的局面,也是束手无策。市场已经完全塌陷了。说不出具体的缘由,大家就是一个念头——走人。任何一个利好的信息都被认为是诱多。国家队的频频出手,也没能让逃跑的步伐慢下来。中国老百姓的"好死不如赖活着"的理念充斥着交易市场,活命要紧,先活命。

　　　　　　　　　　　　　　　捕手游戏

先活命,这个逻辑一直就是市场的逻辑。当年触发金融危机的就是"先活命"这个逻辑,它扰乱了退出机制,使市场一片混乱。《商海谍战》左奕看了不下五遍,在金融危机中,只有这三个字才是硬道理。为了活命,砍断双腿都有必要。

向东的倒计时来了。

七月中,向东发出了最后的信息。

他在微博中简短地说:

> 人最大的软肋就是依靠外界来拯救自己。人的救赎只能靠自己。

其实,这句话的意思左奕非常明白。"太依赖一件事一个人,他一定会成为你最大的软肋"。这是《纸牌屋》里的台词,《纸牌屋》这个美国权力角逐的官场剧,写尽了美国的权力之争。在剧中选举总统的过程中,最大的对手恰恰是被寄希望最大的人。不知道向东的意思是什么?他对谁寄予了希望,他又能对谁寄予希望?他一向特立独行,不可能对外界过于依赖。这不是向东。

自此向东再也没有任何消息。

七月二十三日,大盘单边下跌,毫无悬念的一片绿色,跌停的股票上千只,包括国家队刚刚冲进去的股票,空头的杀伤力前所未有,隔着屏幕都能闻到那股阴森森的杀气。

七月二十四日一早,向东组建的黑金咖啡俱乐部微信群里有人发出简短的消息:我们的船长向东失踪了。

有人说,没事,前天他还发信息,在微博上发了一张富士山的图,虽然什么字也没有,但给人的信息就是可能去日本闭关去了。闭关都是要关手机的。

左奕是在下午看到的信息。她连忙给向东发信息,他的手机关机。这在平时很正常,他基本是不用手机联络的,他们从一开始就是在微博上互动,手机很少用。她也相信这个说法,应该是去闭关了。

七月二十五日一早,左奕的母亲毫无征兆地心脏病复发,母亲被推入抢救室前无奈地看了她一眼,那一眼让她撕心裂肺。

两个小时后,医生宣告抢救无效。

至此左奕才懂得,隔着母亲,她还不知道什么叫死亡。母亲走了,死亡与她单刀相见。人生就是这么回事,你好与不好,幸与不幸,伟大或者渺小,结局都是一个——走向天际,直至消失。任何事物,任何伟人、穷人、富人、好人、坏人,都逃不脱这样的结局。

市里把母亲的丧事办得隆重又简洁。在报纸上发了讣告,在医院举行了告别仪式,抚恤金、安慰金一次性发放,户口本、身份证、养老保险等需要了结的也都办理完毕。一切都是老干部局出面安排的。

　　　　　　　　　　　　　捕手游戏

左奕遵照母亲的遗嘱,将她的骨灰像父亲的骨灰一样投入大海。

那天,葬礼专用船驶向大海深处。在一片深海,引导员撒下白色和黄色的花瓣,左奕随后将母亲的骨灰罐投入大海。望着茫茫大海,左奕的思绪随着波浪飞向天际。这深不可测的大海底下,有多少亡人的骨灰罐子,终有一天会挤满了吧。人类生生不息,死亡也就绵绵不绝。她死后,不知谁来送她去海洋与父母相见。还能相见吗?

想到此,左奕突然就想到了向东,赶紧再联系,还是关机。再看群里,已经有几百条信息未读。匆匆看了几条,左奕差点晕过去。

群里引用国内多家媒体报道称,据已证实消息,中国期货界传奇人物、黑金懿德对冲基金经理、《捕手》作者向东失踪。七月二十五日有一位中国人在东京塔附近的高楼跳楼身亡,疑似一位中国投资人……

第十七章　樱花开了

有人说，海啸虽然来过，但樱花还是开了。

处理完母亲的所有遗物，左奕带着保姆阿桂回到北京。

左奕独自一人，保姆也是一个人。两个人暂时可以做个伴。

对于向东的死因，有消息称，向东是因高位做多期指与配资买股，使用了六倍杠杆，最终导致破产，在东京跳楼自杀。

那个东京塔附近的高楼，不知有多少绝望的人从那里一跳了之。奇怪的是，在资本市场中失败的人，很多都选择了跳楼这一决绝的方式了断一生。不知在跳楼之前向东想了些什么。不能想象，一个有着自己哲学理念的投资人，一个心怀理想要建造理想王国的追梦人，终究被资本围猎，错误地选择了急速获取。对,就是急速获取。

如果不是因为急切,就不会去选择几倍的杠杆,就不会融资,就不会拜倒在资本的石榴裙下。向东的结局令人惋惜不已,资本是一种多么强大的腐蚀剂,轻而易举就摧毁了一个理想主义者的理想世界。

捕手最终被资本捕获。

左奕始终不愿相信这个事实。这不是她所认识的向东,向东的精神世界是强大的,向东还有未竟的愿景和抱负。

尽管网络上关于向东的坏消息已经传开了,但并没有悼念他的活动出现。他的手机当然还是关机。向东所在的基金董事会出面说,基金并没有平仓,只是有回撤而已。在这个股市行情下,回撤是再正常不过的,除非你是做空的力量。

做空的力量肯定是有的。但左奕记得向东曾经说过,伟大的作手从来不玩做空。做空可以赚钱,但下场都不好,比如利弗莫尔。

巴菲特就曾经说过,永远不要做空自己的国家。但是利益至上的资本势力必会把自己的利益置于国家利益之上。肯定是一股做空的势力袭击了股市,袭击了国家队的救市力量,是有人在利用大资金做空期指套利,从而形成了下跌趋势。

在特定的外汇管制条件下,外资做空中国难度很大,当年索罗斯做空香港都没能得逞,这次很大可能是有内鬼,是自己人做空自己的国家。利令智昏,所有的利好都抑制不了利益驱动下恶魔的心思。这股做空势力抓住股指期货存在的做空漏洞,恶意做空才导致了股市大震荡。

历史总是惊人的相似。

这出戏并不新鲜,在世界金融史中,利益驱动下的做空恶魔就曾经表演过。一九二九年的世界经济危机,就是从华尔街股市崩盘开始。当时的美国政府坚持认为,股市有自己的运行方式,能够自我修复,政府不应过多干涉,但最终在做空恶魔的导演下,股市崩盘,引发全球经济大萧条,间接引发了第二次世界大战。

自此以后,欧美各国但凡发生股灾,政府无不救市,抵制做空,才维持了全球经济的百年繁荣。二〇〇八年全球金融危机,美国批准了七千亿美金救市资金,同时全面禁止做空,终于挽救了美国股市。

这次的 A 股动荡,我们的国家同样投入了大量的救市资金,根据各种资料的显示,保守估算也超过万亿元,可以说,国家对救市是全力以赴了。

左奕是通过自己查阅和调研知道了这些数字,向东不会不知道这些数字。左奕想,假如向东没有加杠杆,没有把最后的子弹用完,救市以后的股市虽然还不是很好,但毕竟给了投资者一段缓冲的时间。只要有了时间,头寸总会重新活跃起来。向东的心智这么成熟,怎么会有这么愚蠢的行为呢?

向东倒下了,倒在了做空势力下。不对,其实,他是倒在了自己内心的利益恶魔下。

真正的恶魔,其实就是利益恶魔,利益几乎是一切经济活动的底牌。在巨大的利益面前,人会做出匪夷所思的行为,但这张底牌的代价只有上帝才知道。

左奕面对向东之死并没有大受刺激,有些伤感,有些惋惜,仅此而已,也许是因为母亲的去世分散了一部分对他人的怀念。但发自内心左奕还是不能接受向东的这个结局。

她重新翻看向东的微博,在去美国回来后,向东还写了这样一段文字:

> 巴菲特股东大会终于落下帷幕,不亲临现场是不会体会到当时的心情的。本以为老僧心已定,不分神,但看到投资者心中的偶像、八十六岁的巴菲特和九十一岁的芒格时,我还是有些激动,眼睛竟然湿润了。我也憧憬着,等我到了巴菲特这个年纪,还能在自己办的学院讲台上,给自己的学生讲投资的真谛,那将是我一生中最高光的时刻。

有这样想法的人会很快想到自杀吗?没有最后的绝望,但凡有一点希望,向东也绝不会走上这样一条不归路。

逼死向东的做空势力,仍旧非常猖獗。

七月下旬,股指期货快速跳水带动股指下跌,三个股指齐跳水,上证指数连续跌破三千九百点、三千八百点关口,跌幅近8%,创业板指数则跌破两千七百点,跌幅近7%。

鲁迅有一首诗"岂有豪情似归时,花开花落两由之"。潮起潮落,总在瞬间。大盘如是,人生如是,生活如是。

向东死了。

向东又活了。

他的书大卖。他的故事持续在网络上发酵,知道了他故事的人,都想买一本他的书来看看。一时间库房里的书供不应求。

发行部来找左奕,希望左奕加个腰封,渲染一下向东的故事。

左奕冷冷地看了发行部主任一眼:"你觉得我们挣这样的钱安心吗?"

左奕去找了老总,表达了自己的意见——加印可以,不做任何修改。著作权是向东的,即使他死后五十年,也不可以随便加注作者不喜欢的内容。

影视界也闻风而动,多个电影公司的文学总监来找左奕,要求购买版权,将向东的故事改编成电影。可左奕认为,她无权售出向东著作的改编权,连向东的稿酬现在也无法移交,因为没有向东的亲属前来认领,就是有人认领,也需要有法律规定的全套手续。

左奕给蓝岚发了微信,简短地说了这几个月里发生的一切。蓝岚马上回信,说即日回国,来陪左奕。

左奕微微一笑,也不推辞。

她是不用陪的,但蓝岚回来倒是可以完成她的一个心愿,这就是再登鸡足山,毕竟那里是她们一起遇到向东的地方。她们无法联系到向东,但总要纪念一下向东吧。

第十八章　轮回

　　蓝岚回来了,左奕与保姆阿桂一起搬到了蓝岚家。

　　蓝岚走时就让左奕搬到她家去住,给她看房子,但左奕一直没去,一是忙着向东的图书出版,二是因为母亲突然发病。现在,至少在今后还看得见的日子里,蓝岚和左奕都需要阿桂帮忙。

　　再次见面,物是人非。

　　简单寒暄几句,两人便都沉默了,不像往常,两人都要争着发言。

　　左奕问蓝岚的跨国恋爱有没有降温。蓝岚笑着说:"现在已经是恒温了,都是成年人,玩得起就玩,玩不起也不会哭天抢地的。谁都不能夺走我的生命,除非是上帝。爱情是奢侈品,在生活的真相面前,任何伟大的爱情都禁不住真相的考

　　　　　　　　　　　　　　　　　　　　　　捕手游戏

验。人性是禁不住考验的。能禁得住考验的只能是死亡。

她这话显然是指向东。她对向东的结局表示理解。这就是蓝岚的智慧，她总能在不正常的事件中寻找出合理性。也许正如黑格尔说的，"凡是存在的，即是合理的"。

听蓝岚的口气，蓝岚和老尼的感情世界还处于超稳定状态。左奕没有经历过婚姻，但看客往往能从头看到尾。婚姻不是独幕剧，帷幕落下，剧情结束，婚姻是连续剧，爱情也一样，除非像罗密欧与朱丽叶一样，生命终结，爱情永恒。所有的爱情，大抵是一样的，朱丽叶与罗密欧的爱情因为死亡而永恒。活着的爱情，一定要转换为亲情，才能持久，永远的爱情是不存在的，爱情只存在于相互的探索和包容之中。熟悉了，就必须转变，或者亲情，或者再见，永葆激情不太可能。

蓝岚在为她的黑色矿泉水寻找商机，她的理由是，总得为自己每天享用的退休生活理直气壮一些，不然就真的是混吃等死了。左奕说："混吃等死也是一种生活境界啊，你就说你没有这样的心态吧。"

蓝岚承认，一个人在给自己的行径找理由时，说明那个地方有点漏洞。哪里她说不清楚，但她想要避免把漏洞搞大。

左奕和蓝岚探讨向东的选择。

左奕觉得这是一个谜。

虽说向东读过王阳明，浸染过佛教，对世俗的业障早已了然，可以视死如归，但毕竟这样的选择太过决绝了。蓝岚则不以为然,如果一个人把什么都看透了,怎样的选择都是一个通达目的的手段而已。不求闻达,只求速胜。但是,她也认为,向东的选择有不合逻辑之处。他并没有真的到了绝路,毕竟基金虽然回撤,但没有爆仓。她说她了解向东基金的基本经营情况,事情并没有到要用死来解决的地步。他选择这条路有可能只是因为自己的厌世、失望、绝望,这和股票无关,和基金回撤无关。

左奕大致认同蓝岚的观点,也许,基金加杠杆只是压死骆驼的最后一根稻草吧。

向东的去世让人悲伤,更让人感慨。也许还是王小波的见解能够帮助理解向东,"一个人只有今生今世是不够的,他还应当有诗意的世界"。向东的世界一定是诗意的,不管他的现实世界是多么的惨烈。他是选择了去他的诗意世界。

晚上聊天时,没有想到阿桂向左奕提供了一个令她惊讶的信息。阿桂说:"大妈有天晚上拉着我的手说,我是中国共产党的地下党,组织为什么还不找我,我等了几十年。"

左奕初听,认为这是母亲的脑子糊涂了。可是,联想起她回家探亲时母亲的欲言又止,又觉得母亲一定是有什么秘密藏在心间。

但是,这一切都与她无关了,就像向东的秘密也与他人无关了。人难免会有一些秘密藏在心间,有时候这些秘密甚至会成为支撑人活下去的力量。

捕手游戏

左奕知道,她的母亲一定是有秘密藏在心间的。

小时候就听母亲曾经提过,她有一个舅舅在战场失踪了。母亲一直在等他,因为他曾经嘱托母亲完成一项任务。小时候左奕对这些听不太懂,现在回忆母亲完整的一生,左奕觉得,即使母亲真的还有未完成的任务,她此生也已经完成了自己的使命——她成功地捕获了自己充实的一生,把父亲介绍入党,又一辈子等待召唤。因为有使命,所以她的心神向往,心境安泰。

一个有信仰的人才是幸福的人。

左奕和蓝岚决定再上鸡足山。

左奕还是会习惯性地浏览向东的微博,她一直都在分析向东的微博,想从中找到一些蛛丝马迹。她还在仔细回顾她与向东整个的相识过程。在众多的私信中,她突然发现,还有一封向东的私信没有读。她连忙打开,是向东在七月二十一日发出的,也就是他决定离开这个世界的前几天。

他只是留下了一首诗:

夜阑人静乾坤合,

我欲乘风带鹤飞。

人间无眠无所念,

驾鹤成仙逍遥追。

时间是凌晨两点。

不知道在向东去世前,他熬过了多少个这样的凌晨。当然,他以前发表微博,也大都在这个时辰。应该说,他是一个活跃在夜间的智者。这个智者,怎么就想不开了,欲将乘风带鹤飞了呢?左奕心中仍旧有疑问,很大的疑问,到现在她也不愿意相信,一个王阳明的追随者,会轻言放弃。

但是,无论左奕愿不愿意相信,事实已经然如此。左奕带上了几本《捕手》,想去捕舍再找一点向东的遗物,准备在鸡足山给向东修一个衣冠冢。

离上一次到鸡足山刚好是一年的时间。

遥望这一年间发生的事,恍如一梦。

左奕一直在心中检讨自己,假如没有她去找向东约稿,假如没有《捕手》的成功出版,向东会不会还在鸡足山的捕舍里纵观天下。

不会,重新来过,向东迟早还是要出书的。

一个王阳明的追随者,以王阳明的思想为依托,在资本市场取得骄人战绩,他一定会想要把他的心得推广开来的,他不会袖手旁观。文人喜欢说"袖手",梁启超先生说"如何一片风云意,竟做神州袖手人"。向东很有风云意,岂能只做袖手人。

总会有别人给他出书,不是左奕也会是"右奕",也一样

　　　　　　　　　　　　　　捕手游戏

能大卖。书，并不是导致向东走出鸡足山的直接原因，他的理想信念才是。

飞机还是那个航班，左奕与蓝岚还是商务舱。

在蓝天之上，在白云之间，蓝岚竟然向左奕说出了一个秘密。蓝岚竟然加入了向东的基金。

这就解释了蓝岚为什么会再上鸡足山。左奕也豁然明白了为什么蓝岚对向东这么了解。

人是不可理解的生物。

左奕直视蓝岚加了蓝色过滤的隐形眼镜镜片，蓝岚的眼睛与蓝色镜片融合在一起，真像一只波斯猫的眼睛。

"我看你需要改一个称呼。"左奕说。

"叫什么？"蓝岚不动声色，镜片后面是不动声色的沉稳，这是蓝岚的职业素养，绝不能让客户带着跑偏。

"叫你蓝色妖姬吧。什么钱你都敢赚啊。你不是又看上向东了吧？"

"这叫什么话？什么钱？向东的钱，大部分金融投资的钱，都是这种钱。钱本身没有问题。你把钱扔地上，再脏也是钱，它的价值不变。问题在操弄钱的人。"这个见解好像比向东还向东。

"再说，向东有什么可以吸引我的？也就你这个夫子能够欣赏他，每天都是王阳明、心学，这能一起生活吗？生活是需要有烟火气的，姐姐。"蓝岚说，一直没有告诉左奕是因为这是老尼操作的。

在左奕去塞尔维亚的时候，恰好是老尼又到中国的时候。因为左奕的关系，蓝岚自然也有向东的联系方式。老尼去听了向东的一次投资课，然后便找向东做了咨询。也许老尼是局外人，向东反而对老尼说得挺多。

老尼了解到，向东这次出来参与大规模融资建立基金，是因为有人替他出资。此人很有背景，曾经专门到鸡足山请向东出山。左奕和蓝岚心下明白，这个人她们都见过，难怪当时就觉得此人神神秘秘的。

应该说这是一次十拿九稳的融资。出资方是国外资本，在华尔街专门做中国企业的投资，资本非常雄厚。向东这次出山实际上就是替这个资本操盘。

听完了向东的介绍，老尼就回来动员蓝岚投资，说这个比投资矿泉水来得快，有了钱可以直接完成他们的理想，创办欧洲的东方理学学院。

老尼不知道我大 A 股的脾性，蓝岚还不知道吗？

这是一个充满了变数的市场，像向东一样单吊在一只股票上，危险系数实在太大。当然有价值投资。茅台谁能从头拿到尾？又有谁知道哪里是尾？蓝岚怎么就这么轻信向东呢？连欣赏向东而且一直在股市里爬滚着的左奕都没有跟进，连犹豫都没有，坚决不进基金，蓝岚怎么就突然松懈了呢？

左奕没有再说什么。

　　　　　　　　　　　　　　捕手游戏

她不相信,不相信蓝岚说的理由。

每个人都是自己的上帝,蓝岚如此精明的大律师也做出这么草率的决策,自有她自己的道理。这个道理常人不懂,左奕也不懂。那她就不会希望再听到常人的理解了。

"投了多少?"左奕只能随便问一下数字了,也没希望蓝岚能回答,回答了也没有什么意义,投多少现在应该都归零了。

"五百万。"蓝岚平静地回答。

"好嘛,五百万!"

对一般人来说,五百万是天文数字。正常人有五百万就不想投资了吧,揣着五百万过安稳日子不好吗?但对蓝岚来说,这个数字确实不算什么。

这是人之常性,有了还想更多,永远不满足。人人都像一个捕手,想从生活中、从市场上捕获一些什么。金钱、物质、爱情、名利,这都是人穷尽一生想要捕获的。向东写了《捕手》,实际上人人都是捕手。终其一生,都沉浸在一个捕获游戏当中。

想到此,左奕突然向蓝岚眨眨眼睛,笑着说:"不多不多,多乎哉,不多也。"

蓝岚也笑起来了。两个人在白云之间傻傻地笑着,笑得无可奈何。现在说什么都没有意义了,左奕知道,蓝岚也知道。

此时左奕也明白了，为什么她一呼唤蓝岚，蓝岚就跑了回来。当时听到蓝岚要回国她还非常感动，以为这个世界上真的存在着纯洁无瑕的友谊，这甚至让左奕有些承受不起。还好还好，都是利益驱动，这倒让左奕松了一口气。

　　面对真情，人不免会有负担，因为真情里面有责任。如果是利益关系，就只是智商的博弈了。在这方面，她自认不是蓝岚的对手。她不想听蓝岚的解释，蓝岚也不可能向她解释，就像当初她投了向东的基金并没有告诉她一样。无需解释，只关乎理解。友谊能够坚持下来的，就是无论对错，理解万岁。

　　她只是想尝试走近向东。

第十九章　重归大理

她们仍旧先去了大理。

在捕舍门前，以前的灯笼没有了，只剩下一排竹子在风中摇曳。物是人非，这片竹子不知见证了多少人间悲喜。

大门开着，捕舍的精致门牌摘掉了，还没有换上新的。院落里很冷清，显然没有开业。

一个老人走出来，清瘦，安闲。左奕和蓝岚忙上前询问："这个捕舍现在还开吗？"

老人回答："已经换主人了。"

"原来房东东哥的东西还有吗？可不可以看一看。"

"东西倒没动，但是旁人也不能动。我只是负责看院子的。"

她们进去巡视了一圈，果然旧物依然在，只是换了主人。

蓝岚趁老人不在跟前,在她们住过的房间门前,迅速地抓了一把土,放到风衣口袋里。左奕受到启发,也迅速摘了门口的几片竹叶,装到口袋里。事已至此,也只能这样了。

　　白云苍狗,时过境迁。阳光之下,曾经发生的一切都没有征兆,也不留痕迹。

　　左奕和蓝岚没有在大理停留,直接叫专车上了鸡足山。按照这个情形,鸡足山上的捕馆可能也不存在了。那就先联系一下山中的住宿吧。

　　这次上山,左奕和蓝岚的心境自然是沉重的,好在脚下还有一条徐霞客小道的引领,让二人的心情稍得到些宽释。

　　这一路上,左奕和蓝岚感慨颇多。

　　左奕认为,虽然王阳明是在困境中汲取的人生力量,心学也是在他最困苦的时候诞生的,但光明仍旧是他所向往的,不然就没有王阳明去世前的"我心光明,亦复何言"了,这也正是中国历代文人骚客追求的理想境界。但是徐霞客却不同,徐霞客是始终在困苦的境地里泡着、磨着、被折腾着。他没有向往过光明,就是苦行僧一样地探求着自然环境。这个探求没有功利的支撑,也没有捕获目的的激励,他只是在探求中生存,在苦难中隐忍。他是天生的行者,即使光明在前,也仍旧背负着信诺前行。换句话说,他就是他自己的光明,相比较而言,徐霞客似乎更胜一筹。正如大文学家茨威格所言:这世上所有伟大的创举,都是默默地完成的。

　　　　　　　　　　　　　　　　　　　　　　捕手游戏

蓝岚突发奇想,说:"这条小路几百年前是徐翁背着静闻和尚的尸骨来此掩埋,今天我们也背着向东的遗物前来掩埋,是不是有恍若同世之感?"

左奕说:"你倒真会联想。人家徐霞客是江湖上的圣人,其心坚定,几代人都不屑为官。向东是捕手,他是在尘世中挣扎的欲望者,是捕手游戏中的参与者和决胜者,如果没有欲望,他也到不了今天这个地步。"

"欲望也没有错啊,"蓝岚说,"欲望推动社会的进步。几百年才出一个徐霞客,几千年才出一个王阳明,怎么能要求一介草民会有仙人的风骨呢?"

此话不假。虽然向东自称为金顶仙人,但仍旧逃不掉俗界的牵绊。向东一时糊涂,他的投资哲学,他的金融理想都随之驾鹤西去了。

徐霞客的出世是真的出世,虽然他信守诺言,坚持将静闻和尚的尸骨送回鸡足山,但此心坚定,才真正是亦复何言。

左奕当即背了一首徐霞客的吟诗《哭静闻禅侣》:

晓共云关暮共龛,

梵音灯影对偏安。

禅销白骨空余梦,

瘦比黄花不耐寒。

西望有山生死共,

东瞻无侣去来难。

故乡只道登临少，

魂断天涯只独看。

蓝岚看了看左奕，并没有说话，只是伸手拉了左奕一把，左奕知道，那只是同道的意思，不必多做理解。

说话间她们已经到达了祝圣寺附近的捕馆。

捕馆内一片安静，没有人居住，也没有人光顾。偶有几只山雀发出悦耳的叫声。鸡足山的山雀外形大如八哥，红嘴，全身翠绿，极其漂亮，鸣叫声若有佛韵。山雀鸣啼，一点没有应景的沉寂之意。人在大自然面前无疑是渺小的，你的存在与否，大自然并不在意。

这个别宅本来就是寺庙的财产，向东只是租用而已，向东刚刚去世，一切大概都还没有来得及处理。

左奕来到向东的书房。一切东西都安放在原来的位置。那本《王阳明文集》还是反扣在桌子上，看得出主人走的时候还没有读完，或者是在重新阅读。

左奕拿了桌子上的一支笔，可能就是这支笔记录下向东的交易灵感。桌子上还有一个笔记本，非常简单的笔记本，翻开的一页上写满了"游戏"两个字。

看来向东早已经知道这就是一场游戏而已。

斯人已去，何时向东？

左奕此时才感觉心中有隐隐的疼痛。

毕竟,生命是珍贵的,谁不热爱生命?能够让向东舍弃生命去追寻的东西,一定是他极为看重的,不是钱,不是名,那么到底是什么?

左奕和蓝岚走出捕馆,来到上一次与向东晚上散步的地方。时隔一年,山竹翠绿,野花遍地。左奕选了一个没有行人的向阳山坡,在一块巨大的石头下方找到一棵向东延伸的松树,从背包里掏出一把平时给花松土用的尖头小铁锹,除去周边碎小的石子,挖出一个深坑,然后她将向东的《捕手》和他房间的一支笔,以及从捕舍带来的一捧土和几片竹叶,用一块搭布包好,一起埋入深坑。

这里面埋下的是向东的人间烟火,是向东的人间见证。

怕以后雨季有山洪出现,左奕和蓝岚特意寻来一些比较大的石块,在向东"衣冠冢"的周围堆了几个石塔,为以后寻找这个地方做个记号。

做完这些,左奕和蓝岚相互看了一眼,然后站在那个略微高于地面的土包前,深深地鞠了一个躬。

来也来,去也去,他们毕竟在一起聚过,聊过,激动过,因为感情淳朴,才值得纪念。

左奕和蓝岚在向东的"衣冠冢"前静默着。

此时,左奕仍不愿意相信向东逍遥天际去了。那么洒脱磊落的人,那么侃侃而谈、清明灵秀的人,怎么就决绝而去了？不是还有袖手吗？不是还有王阳明吗？向东向东，左奕在心中呼唤着，给我一个暗示吧，你究竟在还是不在？

突然，从山坡的东面飞来一只美丽的鹂鸟，它不怕人也不避人，就在左奕眼前的枝头上立着。鹂鸟应该成双，但眼前的这一只，就这样形单影只地与左奕和蓝岚对望着。

左奕和蓝岚大为吃惊，人都说飞禽有灵，尤其是鸡足山的鸟儿，不知这只鹂鸟代表着什么。

她们继续往金顶上走，却见旁边的竹林里隐约有人影憧憧。

会是谁呢？

苏轼有诗道："人生到处知何似，应似飞鸿踏雪泥。泥上偶然留指爪，鸿飞那复计东西"。

无论如何，一切已经结束。即使你不愿意，命运就是这样安排的，它总是猛然给你一道谜题，足够你研究一生。

从鸡足山回来不久，左奕收到了一个笔记本，不知是谁寄来的，没有寄件人姓名和地址。打开一看，正是左奕在鸡足山看到的向东写满了"游戏"二字的笔记本。

左奕连忙打开细读起来。

笔记前面的内容，无非就是向东学习王阳明、禅宗等的心得体会，后面却透露出那段非常时期的一些情况。

从断断续续的感悟里，左奕似乎摸到了一点线索，向东是被做局了。那个请他出山的人背后还有人，只是后面的人物是谁,向东的笔记也没有写出来,但左奕隐隐约约感到这是一个连环局,而且和国外的资本有关系。向东最后似乎觉悟到这是一个局,颇有退出的意味。

最后一页,向东写道:

> 我违背了自己的初衷,还是陷入了名利的陷阱。这个世界上,如果连自己都不能相信,还有什么意义?连我自己都不相信我会进入这样一个连环套中。不能再对他人有什么幻想,这个世界上最不可靠的就是对他人有幻想。

根据坊间的传说和向东笔记里的蛛丝马迹,一个资本套利失败的故事跃然纸面。

向东在其中充当了一个马前卒、失败者的角色。

海外一家种子公司想要借向东的手组建私募基金,这本来无可厚非,但这家公司的老板心术不正,想凭借内幕消息在股市中获取超高额的利益,当然这家公司许诺向东的回报也十分丰厚。但千算万算,不想却遇到了更大的"内幕",公司被反制,获取的消息完全失真,让向东踩了雷。这对于一直认为自己有定力的向东是不能接受的,因为凭向东的实力,再亏也不会把本钱亏掉。但向东用了杠杆,而且是六倍杠杆,杠杆触碰了底线,全军覆没以致破产。

当然,这是向东的解释,出面解释的基金公司说,并没有破产,只是回撤而已。仅仅回撤是不会死人的,没有回撤的基金公司是不存在的。

那向东为什么要做这样的选择呢?

笔记本上,在几张空白的纸页后面,有这样一行匆匆写就的文字:

> 我所做的一切没人会给予解释,也不需要解释。想说的很多,但不如不说。我唯一看重的是不能让左奕失望。左奕是一个冷静的旁观者,也是这个世界上我还信得过的人。今后,大概也就是左奕一人能够记得我,相信我。不信也罢,人生一场,永远完不成修炼。

不久中国证券市场又发生了一次崩盘。此时,向东的名字已被淹没在时间里。

二○一五年十二月四日,上交所、深交所、中金所正式发布指数熔断相关规定,并于二○一六年一月一日起在 A 股市场开始正式实施熔断制度。

在实行熔断制度的第一个交易日,也就是二○一六年一月四日,市场便触及两档熔断阈值。随后两个交易日,大盘止跌企稳。但一月七日,两市早盘大幅低开后迅速跳水,盘中触发第二档熔断,全天仅交易十五分钟。

证监会于一月七日晚,决定取消熔断机制。

左奕经历了这惊心动魄的熔断实验,账面资金已经惨不忍睹。她又想起向东,他当时的惊人之举应该也是想力挽狂澜。

向东,向东,天不应绝你。"去年紫陌青门,今宵雨魄云魂,断送一生憔悴,只消几个黄昏"。

鸡足山归来,再无向东。

第二十章　游戏终结

　　五年过去了，左奕被套牢的那只港股至今没有解套。

　　有人说进股市就怕跟股票谈恋爱。左奕这不是恋爱了，她感觉自己是嫁给了那只股票，天荒地老般纠缠在一起。

　　没有道理啊，这只新能源股，不停地兼并同类行业，增发了上百亿的股本，都把一个增发机构的董事长熬死了，这只奇葩股还没有起色，已经跌成了仙股。可它的母公司在美国股市蒸蒸日上，不知道是什么逻辑。这真是股市的一大奇迹，不知道上市公司的董事长是打什么主意。如此对待市场不是恶意圈钱就是有阴谋。左奕想，恶意圈钱自有市场来惩罚他，如果有阴谋就奉陪到底。想走捷径的，最后都走了弯路。想搞投机的，最后都掉进了陷阱。左奕在股市混了十几年，看到的投机者都是昙花一现，最后只有两个字是最值钱的，这就是

　　　　　　　　　　　　　　　　　捕手游戏

"等待"。

等待花开,等待花落,等待水落,等待石出。等待猎物出现,等待游戏结束。

左奕想,反正套的是闲钱,闲钱总归可以完胜阴谋里的脏钱。她有时间,她就是要看看,在资本市场上,这些人都是怎样远兜远转地游戏资本最后又被资本游戏的。

蓝岚的资本也还在向东的那只基金里。

向东如果知道他的基金没有平仓更没有爆仓,虽然仍旧是回撤,但还留存在市场里,他会怎么想?是的,爆仓是瞬间,只要可以暂缓执行,就有万种可能。后来,左奕了解到,那个海外种子公司还原了向东的基金底仓,市场慢慢复苏的时候,基金的持仓也在慢慢回返。但是,向东冲在最前面,第一个倒下了。

左奕还是不愿相信向东走了。一个读王阳明十分有心得的人是不会轻易放弃的。他会知道当年王阳明在绝境中都仍向光明,没有灰心,怎么会轻易认输。向东只是给俗世开了一个没有结尾的玩笑而已吧。

他的稿费无人来领。左奕特意叮嘱法务部门专门为向东立了一个户头,等待向东的法定继承人来领取这笔不菲的稿费。

其实,在无人过问向东后事的情况下,左奕并没有停止为向东而忙碌。为向东著作而来的大有人在,来询问版权的、来谈影视合作的……左奕这才知道,向东在圈子里的知名度很高,他越神秘,越会引起众人们对他的好奇心。

但是没有用,对前来打探各种消息的人,左奕的回答一律是"无可奉告"。的确是无可奉告。

令人欣慰的是蓝岚和裙子。

先说蓝岚。

向东基金的沦陷使老尼大受刺激,但这件事好像让老尼和蓝岚的感情更增进了一步。他们两个人处理了塞尔维亚的所有财产,准备开启新的人生旅程。其实财产本来也不多,老尼是个生活简单的人,处理的都是蓝岚这一年间在贝尔格莱德添置的物件。蓝岚把家里的电器都捐给了贝尔格莱德的慈善机构,家具给了一家孤儿院。这些家具都是蓝岚从巴黎精心选购的。蓝岚说,只有在这里,这些家具才能永久地保存下来。

蓝岚北京 CBD 的住房委托左奕看管。左奕免费居住,但负责一切物业费用。左奕搬到蓝岚的房子里,把自己的房子租出去,给蓝岚做物业管理用。

蓝岚和老尼去了撒哈拉沙漠深处。

左奕刚听见这个计划时就笑了:"你这不是与大熊殊途同归了吗?干吗还跑那么老远啊?"

"你不懂,这是全新的体验,新的人、新的地点、新的生活方式。"

　　　　　　　　　　　　捕手游戏

"你去干什么？"

"去找水。上帝一定给人类配给了足量的水，只是没有找到而已。"

左奕有点听不懂蓝岚的话，认为这都是有钱有闲的人才能想出来的事情。要想拯救人类，始于足下即可。假如蓝岚没有财富自由，她还去撒哈拉沙漠吗？她肯定乖乖地回来干她的律师老本行，为了标的的百分比与客户争论不休。她带着祝福等待蓝岚的回归。

裙子经历了地狱般的煎熬，债务暂时没有了，裙子参与的基金爆仓了，所幸的是，银行把基金经理的所有财产进行了抵押，平了仓。挖掘机项目的钱也要回来一半，法院冻结了那个代理人所有的房产，由于房价的快速上涨，弥补了部分损失。

左奕准备带着阿桂去看望裙子。她已经在一年前辞去了出版社的工作。

《捕手》每年发行十几万册，她的奖金因此始终名列前茅，难免会有一些闲话。

左奕拿这个钱虽然问心无愧，但每一次看见自己的银行账户又多出一笔奖金，就会想到向东，想到是因为向东的死才带给她超额的利润，心中总会隐隐作痛。

她去财务，确认了一下，每一次加印都会给向东的账户打稿费。于是，在二〇二〇年的夏季，她递上了辞职信。

这些年，阿桂一直留在左奕身边，左奕辞职后，带着她在大理洱海附近租了一处大房子，与当年的捕舍很像。她也按照当年捕舍的样子设计了竹子的照壁，一样的落地大窗。她还在当地租了一辆房车，准备与阿桂一起，开着房车，把徐霞客走过的地方尽可能地重走一遍。能开车的地方开车，不能开车的地方步行，这可比当年徐霞客的探险轻松多了。

一切安顿好后，她便去找裙子，见面才发现，裙子简直像换了一个人。

真是神奇啊，一别几年，裙子不但没有见老，反而更加神采奕奕。她一副当地茶花妹子的打扮，头上还戴着鲜花编就的头环。是大理的水土养人，还是裙子有什么秘诀，连她的老公大刘都变成了一个唱山歌的汉子，以前的满脸杀气完全消失了，变得憨态可掬。

左奕问裙子吃了什么神丹妙药。

裙子不说话，她让左奕跟着她走。车开了一个多小时，到了苍山脚下。又步行了一段，在一个偏僻的山坡上，左奕看到一片平整的土地。

裙子告诉她，这是玛卡。她这几年种玛卡收获虽然不大，但身体却比以前强了许多。

左奕奇怪地问："你怎么想起要种玛卡呢？"

"完全是神助我也。"裙子连连扣掌祈祷。

原来，裙子当年为躲债来到大理后，在靠近苍山的小村子里租了一个每月只要二百元的小草棚。这个草棚虽然看上去很小，但里面设施齐全，还有冰箱和空调。在大理还装空调，这让裙子很奇怪，问了房东以前住的是什么人，房东说，以前有个北京人在这里住过，种了一片药材。后来听说他出事了，也没有人管这些药材了，都烂在了地里。

裙子就付了房东两年房租，条件是把这块地也一起租下来。房东在大理城内住，并不来这块地方，这里又不是旅游景点，所以，有人租当然很乐意，但也有附加条件，只要药材的主人回来，她就要腾地方。

裙子住下后，发现小屋条件非常好，里面的用具都是高档货。闲着没有事，她就到地里去东挖挖西看看，偶然发现地里有类似小萝卜样的干块，就拍下来发给大刘看。大刘以前是养鸡场的采购员，见多识广，很快就说，这个是好东西，叫玛卡，在国际上很有市场。于是，大刘也辞去了工作，赶到大理，把地里的几块玛卡根取出来，经过几番培育，有了今天的规模。

这个种植业务很划算，裙子夫妻二人吃准了其中的商机，干脆就在山里居住下来。

事情安定下来以后，他们在附近的村镇租了较大的房子居住，又给房东加钱续了十年房租，乐不思鲁了。他们就在这里安心种上了玛卡，玛卡的收获不多，但是很抢手，到了成熟的季节，自然就有人上门来收购，价格很高。一年的收成，可以供他们在大理生活几年的。剩下的边边角角，他们自己吃，结果越活越年轻，身体比以前还棒。

他们早把青岛的一切抛到脑后了。

听上去真是神奇极了。左奕不由得产生了疑问，这片药材最初的主人到底是谁？怎么会舍得不要了。

她问裙子，裙子也说不知道，而且还发生过一件很蹊跷的事情。

就在她们接手了玛卡地的第二年，老刘刚刚种上了玛卡苗，有一天回家，发现桌子上有一张纸条，上面写着种玛卡的注意事项，非常详细。纸条并没有署名，但是显然是知道他们在种玛卡，对此地的情况也非常熟悉，还留下了收购人的电话。

他们准备下山时，裙子执意要请左奕和阿桂去大理一家很有名的餐厅吃饭。

下山途中，在满山的矮灌木丛中，左奕突然发现一个身影，远远地戴着斗笠，朝着另一条小路走着。

这身影很熟悉，很像一个人。

左奕没有告诉大家，只是站下远远地望着那个身影。

那个戴着斗笠的身影，在绿色丛林中时隐时现，像一个仙人，更像一个捕手。那身影，让左奕想起了唐五代布袋和尚的偈诗，"一钵千家饭，孤身万里游。青目睹人少，问路白云头"。

　　　　　　　　　　　　　捕手游戏

让他去吧,不管他是谁,他都是在期待着有一个好的捕获。

在这个时代,人人都是自己的捕手。

没有例外。